UNE

MISSION A ROME

En 1869

Par Marius DUC

> Rendez à César ce qui est à César,
> et à Dieu ce qui est à Dieu.
>> (S. Mathieu, XXII, 21.)

LYON

IMPRIMERIE PITRAT AÎNÉ

4, RUE GENTIL, 4

—

1889

UNE

MISSION A ROME

En 1869

PAR MARIUS DUC

> Rendez à César ce qui est à César,
> et à Dieu ce qui est à Dieu.
> (S. Mathieu, XXII, 21.)

LYON

IMPRIMERIE PITRAT AINÉ

4, RUE GENTIL, 4

1889

INTRODUCTION

En 1869 et 1870, les catholiques de France qui restaient attachés à la mémoire des Evêques opposants au
Concordat de 1801 ont porté devant le Concile du
Vatican les *Réclamations canoniques* de ces Evêques afin
de les soumettre aux délibérations de l'Eglise universelle. Ils ont accompli cette démarche en témoignage de
leur piété filiale envers leurs anciens Pasteurs et de leur
attachement à l'Unité catholique, et il est juste que le
souvenir en soit conservé. C'est dans ce but que le
récit qui va suivre a été écrit par un de ceux qui reçu-
rent la mission, en 1869, d'aller à Rome, déposer les-
dites *Réclamations*, entre les mains des Pères du
Concile.

Pour l'intelligence des faits qui suscitèrent ces *Récla-mations canoniques*, il est indispensable tout d'abord de remonter aux dernières années du xviiie siècle et de rappeler à grands traits les entreprises que les pouvoirs politiques dirigèrent contre l'Eglise de France. C'est en effet de ces événements qu'est issu le Concordat du 15 juillet 1801.

Dans sa séance du 2 novembre 1789, l'Assemblée constituante rendit un décret qui plaçait tous les biens ecclésiastiques « à la disposition de la nation, à la charge de pourvoir d'une manière convenable aux frais du culte, à l'entretien de ses ministres et au soulagement des pauvres [1] ». Puis, quelques mois plus tard, les mêmes législateurs votaient la Constitution civile du clergé (12 juillet 1790) par laquelle ils s'attribuaient des pouvoirs discrétionnaires pour faire table rase de l'ancienne organisation de l'Eglise de France et édifier de toutes pièces une nouvelle Eglise sans entente préalable avec l'ancien clergé et avec le Pape.

Le législateur de 1790 adoptait ce point de vue que les membres du clergé devaient être considérés comme de simples fonctionnaires par le motif qu'ils étaient salariés par le trésor public. De là le droit de l'Etat d'exercer dans l'Eglise une action constituante.

Cette façon d'argumenter était en contradiction formelle avec la vérité des faits, car la subvention allouée

---

[1] *Moniteur universel*, 2 à 3 novembre 1789, p. 335.

au clergé en vertu du décret du 2 novembre n'était point un salaire octroyé par le Gouvernement et qu'il eût la faculté de supprimer. Elle avait le caractère exclusif d'une indemnité due par l'Etat pour les frais du culte et l'entretien des ministres en compensation des biens ecclésiastiques affectés à ces services dont il s'était adjugé la possession, et le paiement de cette indemnité ne conférait à l'autorité politique aucune prérogative qu'elle pût invoquer pour dominer l'Eglise et modifier sa constitution intérieure.

Mais les passions étouffaient la voix de la logique et de l'équité. Les pouvoirs publics se hâtèrent de faire acte de force en supprimant à titre définitif un grand nombre d'archevêchés et d'évêchés et en décrétant qu'à l'avenir il n'existerait plus qu'un diocèse par département; puis une mise en demeure fut adressée aux titulaires des anciens diocèses pour leur enjoindre de se soumettre à la Constitution civile du clergé sous peine d'être réputés démissionnaires et déchus de tout office et pension ecclésiastiques.

Enfin, l'autorité civile, se prévalant des articles 3 et 25 du titre II de la nouvelle loi, faisait pourvoir aux vacances dans les diocèses et paroisses par les suffrages du même corps électoral que le décret du 22 décembre 1789 avait établi pour la nomination des membres de l'Assemblée départementale et du district; l'élection des Evêques et des curés se trouvait de la sorte dévolue à un collège électoral composé de citoyens de toutes croyances, catholiques, juifs, protestants, athées et indifférents.

Quelles garanties un tel régime pouvait-il offrir aux consciences? Comment les traditions seraient-elles conservées dans leur intégrité? Quelle autorité l'Evêque aurait-il dans son diocèse, une fois dépouillé de cette inamovibilité, qui, de temps immémorial, créait un lien indissoluble entre le Pasteur canoniquement institué et les fidèles de son diocèse? Tout devenait instable et éphémère dans un ordre de choses, qui, décrété aujourd'hui par l'Etat, pouvait s'évanouir demain devant une nouvelle manifestation de la volonté dite nationale.

Quatre Archevêques ou Evêques, ceux de Sens, d'Orléans, d'Autun et de Viviers se soumirent seuls aux injonctions du Gouvernement et prétèrent les serments qui leur furent imposés. Tous les autres membres de l'épiscopat refusèrent leur démission en protestant énergiquement contre la violation, commise en leurs personnes, des droits de l'Eglise catholique en matière de hiérarchie, de discipline et de juridiction épiscopale.

Les Evêques qui siégeaient à la Constituante écrivirent alors au Pape Pie VI (10 mars 1791) une lettre collective qui résume admirablement les sentiments du clergé français au milieu de ces douloureuses circonstances.

Après avoir défini et expliqué la soumission et le respect qui sont dus aux chefs des nations, aux magistrats et aux lois et avoir établi nettement la distinction entre les intérêts qui doivent être réglés par les mandataires d'un peuple et ceux qui sont du ressort de l'autorité ecclésiastique, ils ajoutaient :

« Nous ne demandons pas que la cité sainte étende ses remparts au-delà des limites qui lui furent tracées par une main divine. *Nous demandons qu'une puissance qui n'est point celle de l'Eglise ne domine point dans le temple, et que des lois que l'Eglise n'a point données ne disposent point des fonctions de ses ministres et de l'ordre de ses saintes cérémonies...* Nous ne serons pas moins fermes et moins courageux dans le maintien de ses véritables droits que nous croyons devoir être modérés dans leur exercice. » (Brefs et instructions de N. S.-P. le Pape Pie VI, t. I, p. 368 et 369, Rome, 1796.)

Et enfin ces mêmes Evêques, que les auteurs de la Constitution civile du clergé accusaient d'égoïsme et de passion vénale dans leur résistance aux empiétements du pouvoir temporel, déclarent mettre leurs démissions à la disposition du Chef de l'Eglise, si ce sacrifice libre et volontaire peut lui permettre de trouver des voies pour rétablir la paix dans le sein de l'Eglise gallicane. Ces démissions sont subordonnées seulement au maintien des principes nécessaires, réserve qu'ils formulent en ces termes :

« Nous savons quels sont les exemples que l'Eglise nous donne et nous avons appris comment on peut souffrir pour elle. *Que les principes soient en sûreté, que les pouvoirs de l'Eglise sur l'institution de ses ministres soient respectés et maintenus* et qu'une mission canonique puisse nous donner des successeurs légitimes, nous mettons à vos pieds, Très Saint-Père, nos démissions, non pas ces démissions forcées et ces interprétations arbitraires auxquelles nous n'avons point consenti,..... mais nos libres et volontaires démissions, fondées sur ces mêmes sentiments qui repoussent le joug d'une contrainte que les lois civiles ne peuvent nous imposer et qui n'admettent *dans l'ordre de nos fonctions spirituelles d'autre autorité que celle de l'Eglise.* » (Brefs et instructions de Pie VI, t. I, p. 397 et 398, Rome, 1796).

Ces offres généreuses des Evêques de France restèrent stériles parceque les dépositaires de la puissance publique, dédaigneux de toute conciliation, écartèrent systématiquement les motions qui furent en plusieurs circonstances portées à la tribune de l'Assemblée constituante et de la Législative par divers députés animés du désir de pacifier les esprits. La Constitution civile continua d'être appliquée avec rigueur et chaque jour de nouveaux décrets, plus durs que les précédents, furent édictés afin de briser la résistance des ecclésiastiques qui refusaient de jurer fidélité à la Constitution civile du clergé. Tels, entre autres, les décrets de l'Assemblée constituante du 27 novembre 1790, et de la Législative des 29 novembre 1791 et 27 mai 1792[1], qui laissent peser une très lourde responsabilité sur les

---

[1] Séances des 27 novembre 1790, 29 novembre 1791, 27 mai 1792, *Moniteur universel.*

législateurs de cette époque. Les massacres de septembre 1792 aux Carmes, à l'Abbaye, à la Force, au séminaire de Saint-Firmin, doivent en effet être regardés comme la conséquence au moins indirecte de la persécution légale que les Assemblées avaient sanctionnée [1].

La Convention à son tour devait ériger la Terreur en système et elle l'inaugurait par son décret du 23 avril 1793 [2], sur la déportation des ecclésiastiques insermentés qui fut appliqué avec une véritable férocité. De là tant d'actes atroces tels que les noyades de Nantes, inventées par le sanguinaire Carrier.

Que devenait l'Eglise constitutionnelle au milieu de cette tourmente. Plusieurs de ses hauts dignitaires, tels que Gobel qui s'était fait sacrer Evêque de Paris, Lindet, Evêque de l'Eure, apostasiaient à la tribune de la Convention dans la séance du 7 novemdre 1793 ; leur exemple était bientôt suivi par les titulaires de la Haute-Vienne, de la Meurthe, d'Evreux, de Beauvais, de Saint-Omer, d'Orléans, de Moulins, de Bourges, d'Angoulême, de Nîmes, etc., et par plusieurs milliers de prêtres qui renoncèrent au sacerdoce et se marièrent. L'arbre de la Constitution civile du clergé portait de la sorte des fruits en rapport avec son origine et l'indignité des élus attestait l'incompétence des collèges électoraux qui les avaient choisis.

---

[1] Dans les journées des 2 et 3 septembre périrent l'Archevêque d'Arles, les Evêques de Beauvais et de Saintes et plusieurs centaines d'ecclésiastiques.
[2] *Bulletin des lois*, t. VII, p. 16.

Ceux qui demeurèrent fidèles à la loi du célibat et se gardèrent de l'apostasie durent se dérober par la retraite ou la fuite aux fureurs des sectaires qui proscrivaient jusqu'aux emblêmes du christianisme.

Enfin l'existence légale de la Constitution civile du clergé et du corps ecclésiastique qu'elle avait établi fut abolie par le décret de la Convention du 3 ventôse an III (21 février 1795) [1], qui stipulait que la loi ne reconnaît aucun ministre du culte, qu'elle n'en salarie aucun et ne fournit aucun local pour leur exercice. La Convention supprimait ainsi d'un trait de plume l'œuvre des Constituants de 1790 et s'affranchissait de toute redevance en retour de la possession des biens ecclésiastiques. La spoliation était consommée pleine et entière et la gratuité du culte catholique, fondée sur une dotation séculaire, se trouvait radicalement supprimée.

Les débris épars du clergé constitutionnel essayèrent cependant de se rapprocher lorsque des jours de calme relatif succédèrent aux orages soulevés par la Convention, et le 15 août 1797, un certain nombre d'Evêques et de prêtres constitutionnels s'assemblèrent à Paris, dans l'église Notre-Dame, en donnant à leur réunion le titre de Concile national. Ils écrivirent au pape Pie VI, pour lui proposer un plan de pacification; mais le ton hautain de leur lettre et leurs prétentions à être qualifiés

[1] *Bulletin des lois*, t. XI, n° 126.

de défenseurs de la religion et de la patrie firent avorter toute tentative de négociations.

Les dernières années du XVIIIe siècle n'apportèrent aucun remède aux maux de l'Eglise de France.

A l'intérieur, le Directoire s'efforçait d'opprimer les consciences tout en parlant hypocritement de liberté, et afin de détourner le courant d'opinion qui ramenait les populations aux pratiques du culte catholique, il substituait le *décadi* au dimanche et favorisait la secte éphémère des théophilanthropes. A l'extérieur, le vénérable Pie VI était arraché de Rome et conduit prisonnier en France, où il mourait le 29 août 1799 ; les Cardinaux s'assemblaient en Conclave à Venise et, le 14 mars 1800, le Cardinal Chiaramonti, Evêque d'Imola, montait sur le trône pontifical sous le titre de Pie VII.

Mais au milieu de ces événements un dominateur commençait à fixer les regards. Très jeune encore, le général Bonaparte avait déployé les talents d'un capitaine consommé ; à quelques années de là, son ambition ne connaissait plus de limites, et il n'eut dès lors d'autre souci des hommes, des religions et des lois que d'en faire les instruments de sa fortune ou de les briser s'ils étaient soupçonnés d'être un obstacle à ses desseins. Tour à tour suivant les besoins de sa politique, il flattait le Pape comme le chef « *de la plus sainte des religions*[1] »

---

[1] Note du général Bonaparte à Mgr Caleppi, 13 août 1797, *Histoire des deux Concordats*, par Augustin Theiner, préfet des archives du Vatican, Paris, Dentu, 1869, t. I, p. 61.

et il disait aux Egyptiens : « *Nous sommes amis des vrais Musulmans. N'est-ce pas nous qui avons détruit le Pape[1] ?*». Il appelait les curés de Milan « *ses plus chers amis* » et leur disait que « *la religion catholique est la seule qui donne à l'homme des lumières certaines et infaillibles[2]* » et bientôt après il jetait cette menace au Cardinal Consalvi, secrétaire d'Etat de Pie VII : « *Je n'ai pas besoin de Rome, j'agirai de moi-même, je n'ai pas besoin du Pape. Si Henri VIII qui n'avait pas la vingtième partie de ma puissance a su changer la religion de son pays..... bien plus saurai-je le faire et le pourrai-je, moi[3]. »*

Le 18 brumaire (8 novembre 1799), Bonaparte renversait le Directoire et s'emparait du pouvoir sous le titre de premier Consul ; pour un temps encore il laissait au gouvernement la qualification de République française, mais en réalité il devenait le chef absolu de la nation.

Quel allait être le sort du culte catholique sous le nouveau régime ? Serait-il proscrit ? Recouvrerait-il la liberté, ou bien sous prétexte de protection serait-il mis en tutelle ? Graves questions qui excitaient des inquiétudes d'autant plus légitimes que le caractère audacieux de Bonaparte autorisait toutes les hypothèses. Le premier Consul ne pouvait ignorer les sentiments des populations, car des

---

[1] Proclamation de Bonaparte, Alexandrie, 24 messidor an VI, *Moniteur universel*, 8 vendémiaire an VII. p. 30.

[2] Allocution aux curés de Milan, 5 juin 1800, *Histoire des deux Concordats*, par Augustin Theiner, t. I, p. 63 et 64, Paris, Dentu, 1869.

[3] *Mémoires* du cardinal Consalvi, t. I, p. 387, Paris, H. Plon, 1866.

signes nombreux révélaient l'attachement profond qu'elles conservaient pour l'antique foi des ancêtres. Pie VI n'avait-il pas été accueilli avec une vénération extraordinaire dans toutes les localités qu'il traversait lorsque ses geôliers le conduisaient à Valence? Les documents du temps, même les documents administratifs, ne constataient-ils pas qu'en 1800, malgré la malveillance officielle, la messe était célébrée par des prêtres catholiques dans plus de trente mille oratoires, chapelles ou églises ?

En face de ces fidèles dont le nombre était immense, l'Eglise constitutionnelle, frappée de discrédit, ne comptait que de rares adeptes ; dès lors les éléments faisaient défaut pour constituer à la façon de Henri VIII une Eglise dite nationale et Bonaparte était trop clairvoyant pour s'aventurer dans une entreprise aussi grosse de périls et d'obscurité. En favorisant au contraire le rétablissement du culte public de la religion catholique, il était assuré de sympathies nombreuses et il pouvait se flatter d'exercer sur le Pape et sur ses conseillers une action d'autant plus décisive pour imposer ses conditions que l'ouverture des négociations suivrait de plus près l'émotion qu'avait excitée en Europe son avénement au pouvoir. C'est en s'inspirant de cet ordre de faits et d'idées qu'au mois de juin 1800, Bonaparte entamait des pourparlers officieux avec la Cour romaine par l'entremise du Cardinal de Martiniana, Evêque de Verceil, et que bientôt après des conférences officielles furent ouvertes entre Mgr Spina, Evêque de Corinthe, assisté du Père Caselli de l'ordre des Servites, au nom du Pape, et deux négociateurs pour le Gouvernement français, de Talleyrand, ministre des affaires extérieures, et l'abbé Bernier, ancien curé de Saint-Laud d'Angers.

Pie VII était plein d'espérances : aussi, dès le 13 septembre, peu de jours avant le départ de Mgr Spina pour Paris, s'empressait-il d'annoncer aux Evêques français l'avénement tant désiré d'une prochaine réconciliation de l'Eglise de France avec le Saint-Siège offert par le Gouvernement consulaire [1].

Mais à peine Mgr Spina arrivait-il à Paris, qu'il recevait de l'abbé Bernier une note dont le contenu ne montrait que trop combien on s'abusait à Rome sur les véritables intentions du Gouvernement français.

Dans ce document qui porte la date du 8 novembre 1800, le délégué du premier Consul débutait par une attaque virulente contre les anciens Evêques de France et déclarait au nom de son maître que « le Gouvernement français *ne veut pas* de leur retour », et il ajoutait qu'il est des circonstances où le bien de la paix « exige que des Evêques canoniquement institués offrent leur démission ou *qu'on la leur commande*[2] ». Puis enfin il déclarait que le premier Consul « *ne veut en France* d'autre clergé que celui sur les dispositions duquel il pourra

---

[1] *Histoire des deux Concordats*, par Augustin Theiner, t. I, p. 84.
[2] *Ibid.*, p. 93.

parfaitement compter et il croit ne pouvoir parvenir à ce but que par » la révocation des titulaires qui doit être regardée comme la base principale de l'entente à intervenir entre les deux gouvernements[1].

Mgr Spina fut très affecté de cette communication, et dans une réponse fort modérée quant à la forme, mais très digne dans le fond, il réfutait les arguments de l'abbé Bernier et justifiait les Evêques des imputations dirigées contre eux; il établit que cette démission forcée qu'on exige et qui n'est autre qu'une destitution, bien loin de produire la paix dans les diocèses raviverait les dissensions et les troubles. Et enfin après avoir déclaré que le Souverain Pontife ne devrait jamais déposer les Evêques en cas de refus et leur substituer d'autres Evêques, il ajoute en s'adressant à l'abbé Bernier : « *Vous ne trouverez pas de pareils exemples dans l'histoire ecclésiastique*[2]. »

Les négociations paraissaient en quelque sorte suspendues. Pie VII crut devoir prévenir une rupture en s'adressant directement à Bonaparte par une lettre confidentielle qui porte la date du 12 mai 1801 et où il traite les diverses questions sur lesquelles l'accord n'a pu s'établir. La cause des anciens Evêques est plaidée en termes touchants : « Permettez-nous, écrit-il, d'interroger votre cœur ; que répondrait-il si quelqu'un lui proposait d'abandonner la cause et la défense de ces

[1] *Histoire des deux Concordats*, par Augustin Theiner, t. I, p. 94.
[2] *Ibid.*, p. 96.

braves généraux qui ont combattu à votre côté pour vous donner la victoire ? Nous en appelons à votre jugement[1]. »

Mais au moment même où le Pape s'exprimait de la sorte, Bonaparte, impatient de faire prévaloir ses volontés, ordonnait à l'abbé Bernier d'écrire au Cardinal Consalvi, secrétaire d'Etat du Pape (13 mai), une lettre comminatoire qui tranchait d'une façon souveraine la question des sièges et des titulaires de même que celle des biens du clergé. L'abbé Bernier y tient ce langage : « Il (Bonaparte) a déclaré qu'il voulait un clergé soumis et fidèle au Gouvernement ; que son intention était que les acquéreurs des domaines nationaux fussent imperturbables et que l'article qui concerne les nominations aux nouveaux évêchés fût irrévocablement ainsi conçu :

« *Sa Sainteté ne reconnaîtra d'autres titulaires des évêchés conservés en France que ceux qui lui seront désignés comme tels par le premier Consul Bonaparte*[2]. »

La lettre de l'abbé Bernier renfermait en outre de menaçantes allusions à la fondation d'une religion nouvelle et aux possessions territoriales du Saint-Siège, dans le cas où le Pape n'adhérerait pas immédiatement et complètement aux propositions du Gouvernement français ; puis l'ordre fut donné à l'ambassadeur français de quitter Rome, si dans les cinq jours de la

---

[1] *Histoire des deux Concordats*, par Augustin Theiner, t. I, p. 122.
[2] *Ibid.*, t. I, p. 130.

réception de cette dépêche l'adhésion demandée n'était
pas donnée.

Sous le coup de ces menaces, suivies bientôt après
du départ de Rome de l'ambassadeur français, M. Cacault,
le Cardinal Consalvi, secrétaire d'Etat du Saint-Siège, fut
envoyé à Paris en toute hâte afin de reprendre les négociations. Dans ses mémoires, le Cardinal Consalvi rapporte que pendant le cours des audiences qu'il obtint
du premier Consul, il fit de nouveaux efforts pour
défendre la cause des anciens Evêques et l'assurer de leur
fidélité fondée sur la reconnaissance qu'ils lui devraient
d'être rétablis par son intervention à la tête de leurs
sièges. Il eut même recours aux principes en honneur
en France sur les libertés gallicanes et fit valoir que ce
serait violer ces principes que de faire déposer par le
Pape, grâce à un acte de sa suprême autorité, quatre-
vingt-dix ou cent Evêques français tous ensemble, au
cas où ils se refuseraient à la demande de démission
qu'on leur imposait[1]. Toutes ces tentatives échouèrent.
Bonaparte, qui, dans son for intérieur, se moquait aussi
bien du Pape que des libertés gallicanes, maintint inté-
gralement ses diverses prétentions et le Cardinal Consalvi
prit le parti de s'incliner.

Le 12 juillet 1801, les négociateurs arrêtèrent le texte
définitif d'une convention qui reçut l'approbation de

---

[1] *Mémoires* du cardinal Consalvi, t. I, p. 366-367. Paris, Henri Plon,
1866.

Bonaparte, et l'échange des signatures fut fixé au lendemain dans l'hôtel de Jérôme Bonaparte, frère du premier Consul. Mais à l'heure convenue, les plénipotentiaires français présentèrent à la signature des délégués du Pape un texte nouveau, complètement différent de celui que les parties contractantes avaient accepté la veille [1]. De nombreux changements avaient été introduits par ordre du Gouvernement français et à l'insu des négociateurs italiens. De là de vives protestations de la part du Cardinal Consalvi et un refus absolu de signer; de là encore la nécessité d'ouvrir séance tenante de nouvelles conférences, qui, après quarante heures de discussion, aboutirent, le 15 juillet, à une sorte de transaction que Consalvi s'excuse d'avoir

[1] Les faits relatifs à la dernière phase des négociations (13-15 juillet) sont rapportés par le Cardinal Consalvi dans ses mémoires (t. I, p. 376 et suivantes, ainsi que t. II, p. 373 et suivantes), et il résulte de son récit que les négociateurs français tentèrent de surprendre les envoyés du Pape en présentant inopinément à leur signature un texte différent de celui qui avait été adopté d'un commun accord dans la séance du 12. L'historien Augustin Theiner, préfet des archives du Vatican, dans son livre intitulé *Histoire des deux Concordats*, s'est efforcé d'atténuer la portée des révélations de Consalvi en s'appuyant sur diverses pièces extraites des archives de Rome et de France. Il avoue le fait de la substitution d'un nouveau projet de convention présenté à la signature du Cardinal Consalvi dans la séance du 13 juillet au lieu et place de celui qui avait été réciproquement adopté la veille. Mais il prétend, en se fondant sur divers documents que le Cardinal Consalvi aurait été prévenu de cette substitution avant l'ouverture de la séance fixée pour les signatures. (*Histoire des deux Concordats*, t. I, p. 122.)

Quand bien même il serait établi que l'abbé Bernier aurait averti confidentiellement le Cardinal Consalvi avant la séance, le procédé de cette substitution *in extremis* avec les conséquences très graves qui devaient en résulter, ne constituerait pas moins un acte que la probité la plus élémentaire ne saurait ratifier.

consentie en alléguant qu'il ne signa que par appréhension de nouvelles difficultés et de nouveaux sacrifices, et il ajoute ces mots significatifs : « Il est arrivé constamment dans cette négociation que les choses ont empiré chaque jour [1]. »

Le Concordat dont la signature fut obtenue dans les conditions qui viennent d'être rapportées comprend dix-sept articles.

Le premier stipule que le culte catholique sera librement exercé en France en se conformant aux règlements de police.

Une nouvelle circonscription de diocèses est prescrite par l'article 2 ; elle sera établie de concert par le Saint-Siège et le Gouvernement français.

Le troisième article dit que le Pape demandera leurs démissions aux titulaires des évêchés français et qu'en cas de refus, de nouveaux titulaires seront placés à la tête des diocèses.

La nomination des nouveaux titulaires appartiendra au premier Consul d'après l'article 4 et l'institution canonique sera conférée par le Pape.

Les nominations aux évêchés vacants dans l'avenir seront faites également par le premier Consul aux termes de l'article 5, avec institution donnée par le Saint-Siège.

---

[1] *Histoire des deux Concordats*, par Augustin Theiner, préfet des archives du Vatican, t. I, p. 228.

Les articles 6 et 7 règlent la formule du serment d'obéissance et de fidélité au Gouvernement qui sera prêté par les Evêques et par les ecclésiastiques du second ordre. Ils seront tenus par ce serment d'avertir le Gouvernement de tout ce qui à leur connaissance se tramerait au préjudice de l'Etat dans leur diocèse ou ailleurs.

Le texte des prières à réciter à l'office divin pour le salut de la République et des Consuls est fixé par l'article 8.

Les articles 9 et 10 concernent la nouvelle circonscription des paroisses, la nomination des curés par les Evêques avec stipulation expresse que leur « choix ne pourra tomber que sur des personnes agréées par le Gouvernement ».

Les articles 11 et 12 ont trait aux chapitres, aux séminaires et à l'usage des églises non aliénées.

L'article 13 valide les aliénations des biens ecclésiastiques et par compensation sans doute les articles 14 et 15 mentionnent qu'un traitement convenable sera alloué aux Evêques et aux curés « *dont les diocèses et les cures seront compris dans la circonscription nouvelle* » et que les catholiques auront la faculté de faire des fondations en faveur des églises.

Par l'article 16, le Pape reconnaît au premier Consul les mêmes droits et prérogatives dont jouissaient les anciens rois de France.

Enfin par l'article 17, des réserves sont faites en ce

qui concerne la nomination aux évêchés pour le cas où quelqu'un des successeurs du premier Consul n'appartiendrait pas au culte catholique.

Aucune illusion n'est possible sur le caractère d'une convention de cette nature. C'est un contrat léonin au profit du Gouvernement français, car en échange de l'autorisation qu'il accorde d'exercer publiquement le culte catholique et du traitement qu'il alloue aux Evêques et aux curés il arrache au Saint-Siège la sanction de toutes les nouveautés qu'il juge favorables à ses desseins. Le nombre des archevêchés et évêchés est réduit de *cent cinquante-six à soixante*, les anciens titulaires sont sommés de se démettre sous peine de révocation, le choix de leurs successeurs est livré au premier Consul, les curés même devront être agréés par le Gouvernement avant d'être nommés, et tous, Archevêques, Evêques et ecclésiastiques du second ordre sont astreints à un serment dont la formule les oblige jusqu'à la délation. Enfin l'aliénation des biens ecclésiastiques est ratifiée. Puis viendront les articles organiques qui mettront le comble à l'asservissement du clergé.

Jamais dans le cours de son histoire, l'Eglise n'avait subi de pareilles humiliations, jamais le Chef de l'Eglise n'avait accordé aux puissants de la terre la destitution d'Evêques innocents. C'est le Cardinal Consalvi, secrétaire d'Etat de Pie VII, qui en fait lui-même l'aveu dans une note du 30 novembre 1801, adressée à M. Cacault, ambassadeur de France à Rome, lorsque, à propos du démembrement des anciens diocèses et de la destitution de toute juridiction des titulaires, il avoue que cette action est un pas si fort « *qu'il n'en existe aucun exemple dans les dix-huit siècles de l'Eglise*[1]. »

Néanmoins le Concordat fut ratifié par la Cour de Rome le 15 août 1801, et le même jour le pape Pie VII adressait aux Archevêques et Evêques titulaires des anciens sièges le bref *Tàm multa* par lequel il les conjure de donner dans un délai de dix jours leurs démissions pures et simples, la nécessité des temps l'obligeant à demander immédiatement ce sacrifice[2]. Et il ajoute que contraint de lever tous les obstacles il sera forcé d'agir sans aucun retard, lors même qu'ils se refuseraient à acquiescer à ses instances ou qu'ils feraient une réponse dilatoire. Puis, de la menace passant à l'exécution, Pie VII publiait, le 3 décembre 1801, la bulle *Qui Christi Domini vices, qui déroge à tout consentement des Archevêques et Evêques légitimes,* qui leur interdit toute juridiction ecclésiastique quelle qu'elle soit et *déclare nul et invalide* tout ce qu'aucun d'eux pourrait faire dans la suite en vertu de cette juridiction. La même bulle *annulle, supprime et éteint à perpétuité* toutes les circonscriptions diocésaines anciennement établies, tout l'état présent des églises avec leurs chapitres, droits et privilèges quelconques,

---

[1] *Histoire du Pape Pie VII*, par le chevalier Artaud, t. I, p. 209, Paris 1836.

[2] « Omninò coacti sumus », *nous avons été absolument contraints*, dit le Bref, pour marquer l'extrême violence que la Cour romaine avait subie.

et enfin elle leur substitue soixante diocèses nouveaux avec dix églises métropolitaines et cinquante sièges épiscopaux. C'est sur ces nouveaux sièges que bientôt après les élus du premier Consul prendront place, et parmi eux on comptera douze anciens Evêques constitutionnels, encore que plusieurs d'entre eux aient refusé de signer la rétractation demandée par le Cardinal Caprara et qu'ils se soient vantés publiquement d'avoir jeté au feu le décret d'absolution que ce Cardinal leur avait adressé [1].

A l'époque où le bref *Tàm multa* fut envoyé aux Evêques que les lois de proscription avaient dispersés aux quatre vents de l'Europe, le nombre des anciens titulaires survivants paraît avoir été de quatre-vingts environ. Quarante d'entre eux adressèrent au Pape des lettres, soit collectives, soit individuelles où ils exprimaient leur douloureux étonnement de la mesure qui frappait le corps entier des Evêques de France, sans que ces Evêques qui ont la charge et la responsabilité des églises confiées à leur sollicitude eussent été préalablement consultés. Ils suppliaient le Père commun des fidèles de surseoir à toute exécution jusqu'à l'envoi prochain d'un mémoire où ils exposeraient tous ensemble leurs résolutions et les motifs sur lesquels elles se fondaient.

---

[1] Lettre du 4 juin 1802 de Dominique Lacombe, ancien métropolitain de la Gironde, nommé Evêque d'Angoulême après le Concordat, imprimée à Bordeaux, chez Simard. Lettre du citoyen Grégoire, Evêque constitutionnel démissionnaire de Blois à un curé du diocèse, imprimée à Grenoble, chez David.

Plusieurs autres Evêques se bornèrent à solliciter quelque délai avant de souscrire à la démission qui leur était demandée.

Trente-trois ou trente-quatre crurent devoir s'incliner devant les événements et se démirent sans présenter d'observations.

Les Evêques non démissionnaires, après en avoir délibéré avec toute la maturité que comportait une affaire d'une importance aussi capitale, arrêtèrent les termes d'un manifeste en latin qu'ils adressèrent à Pie VII, le 6 avril 1803, et qui porte le titre de *Canonicæ et reverentissimæ expostulationes apud SS. DD. NN. Pium VII, divinâ Providentiâ Papam, de variis actis ad Ecclesiam Gallicam spectantibus*. Ces *Réclamations canoniques* furent signées par le Cardinal Louis-Joseph de Montmorency, Evêque de Metz, et par trente-sept Archevêques et Evêques [1].

Les signataires rappellent tout d'abord que d'après les termes de l'exposition de la doctrine catholique sur la hiérarchie ecclésiastique, contenue dans le chapitre iv de la vingt-troisième session du Concile de Trente, les Evêques qui sont les successeurs des Apôtres sont établis par le Saint-Esprit pour régir l'Eglise de Dieu. Leur mission est ainsi d'ordre divin; elle ne saurait par con-

---

[1] Plusieurs Evêques non démissionnaires étaient morts dans l'intervalle, notamment l'Evêque de Grenoble et l'Evêque d'Auxerre qui avaient refusé leur adhésion aux demandes du bref *Tàm multa* par leurs lettres du 21 novembre et 13 décembre 1801.

séquent être soumise aux fluctuations des hommes et des événements, et c'est par ce motif que le principe de l'inamovibilité de l'épiscopat a toujours été professé dans l'Eglise depuis les temps apostoliques ; d'âge en âge il fut transmis par la tradition et confirmé par la pratique de tous les siècles.

« Toutes les Eglises catholiques, disent les Evêques réclamants, de temps immémorial font unanimement profession de reconnaître que l'épiscopat est inamovible, de telle sorte que les Evêques canoniquement institués ne sont révocables à la volonté de qui que ce soit et ne peuvent être destitués qu'en vertu d'une sentence juridiquement rendue à la suite d'un procès dûment instruit [1]. »

Pour la première fois ces règles ont été violées en 1801, et cette violation a été imposée par le Gouvernement français ; les Evêques réclamants le constatent dans leur manifeste, de même que l'historien en relève les preuves dans les documents du temps.

« Un Gouvernement temporel, écrivent les trente-huit prélats non démissionnaires, a voulu que toutes les Eglises archiépiscopales et épiscopales qui avaient été canoniquement établies et érigées dans toute l'étendue du territoire fussent sur le champ, elles et leurs chapitres

---

[1] « Stabilem, firmum, fixumque esse statum Episcopalem, ità ut canonicè, instituti Episcopi, nullius ad nutum, nec nisi per sententiam post instructionem et processum juridicè latam, loco suo dimoveri possint, Ecclesiæ Catholicæ omnes, a tempore immemorabili, unanimi consensu tenent ac profitentur. »

respectifs, *supprimées et annulées, éteintes à perpétuité*, sans qu'à cet effet il fût observé aucune forme canonique ; ce Gouvernement a voulu que, même sans observer aucune forme canonique, il fût procédé à une nouvelle circonscription de diocèses en réduisant à un nombre beaucoup moindre que par le passé les églises archiépiscopales et épiscopales qui seraient établies et érigées de nouveau ; il a voulu que toutes les églises archiépiscopales et épiscopales de son territoire, qui avaient leurs Archevêques et Evêques canoniquement institués, devinssent simultanément vacantes, qu'en conséquence on demandât auxdits Archevêques et Evêques la libre démission de leurs sièges, *et que quand même ils s'y refuseraient, on nommât néanmoins de nouveaux titulaires pour gouverner les églises de nouvelle circonscription;* il a voulu que toutes les paroisses qui se trouveraient dans l'étendue des diocèses de nouvelle circonscription fussent, et ce pareillement sans observer aucune forme canonique, supprimées à perpétuité, et que les nouveaux Archevêques et Evêques procédassent à une nouvelle circonscription de paroisses, de manière qu'elles fussent réduites à un beaucoup plus petit nombre ; il a voulu que toute juridiction spirituelle des anciens curés canoniquement institués, cessât sur le champ sans aucun jugement préalable dès que les nouveaux curés auraient été mis à la tête des nouvelles paroisses ; il a voulu tout cela ; il a notifié qu'il voulait toutes ces choses, et malgré tant de dispositions cano-

niques qui s'opposaient à de pareilles concessions, il a
tout obtenu [1]. »

Puis quelques lignes plus loin les Evêques ajoutent :
« Comment n'être pas inconsolable lorsqu'on songe
qu'à défaut d'un prompt remède à un mal aussi
funeste c'en est fait pour toujours de l'inamovibilité de
l'épiscopat et de la stabilité des églises ; toute l'éco-
nomie de notre sainte religion devient chancelante.
Toutes les fois qu'une puissance séculière, quelle que
soit sa forme politique et de quelque manière qu'elle se
soit établie, croira qu'il est de son intérêt d'introduire
dans la religion un nouvel ordre de choses et de lui
imposer de nouvelles lois, le chemin lui est frayé pour

---

[1] « At verò voluit temporale Gubernium Ecclesias omnes Archiepiscopales et Episcopales, in omni quâ patet ditionis suæ territorio constitutas,
et canonicè erectas, statim, et nullis observatis canonicis solemnitatibus,
*unà cum respectivis earum Capitulis, supprimi, annullari, et perpetuò extin-
guì* (a) : item, ac nullis similiter observatis canonicis solemnitatibus, novam
Diœcesium circumscriptionem ità fieri, ut longè minor, quàm anteà fuerat,
Ecclesiarum Archiepiscopalium et Episcopalium numerus de novo consti-
tueretur, et erigeretur. Voluit omnes territorii sui Ecclesias Archiepiscopales
et Episcopales, quæ suos habebant Antistites canonicè institutos, simul
vacuas fieri, ideòque à dictis Antistitibus postulari liberam Sedium suarum
resignationem; atque etiamsi huic resignationi *renuere ipsi vellent, guber-
nationibus Ecclesiarum novæ circumscriptionis de novis nihilominùs Titula-
ribus provideri.* Voluit omnes et singulas Ecclesias Parochiales, quæ in
territoriis Diœcesium novæ circumscriptionis continerentur, nullis pariter
observatis, canonicis, solemnitatibus, perpetuò supprimi, novamque Paro-
chiarum circumscriptionem à novis Archiepiscopis et Episcopis ità fieri, ut
numero longè pauciores, quàm anteà erigerentur. Voluit omnes Parocho-
rum canonicè institutorum jurisdictionem, absque ullà judicii solemnitate,
statim cessare, ac novis parochiis novis Parochi præfecti fuerint. Hæc omnia
voluit, hæc omnia velle se significavit; et ex iis omnibus (licèt hujusmodi
concessionibus tot Canonicæ Sanctiones obsisterent) nihil non impetravit. »

(a) Litteræ Apostol. *Qui Christi Domini vices,* p. 52.

arriver à son but. Elle verra clairement par l'exemple donné au commencement de ce siècle quels sont les moyens à employer pour faire servir la religion à ses entreprises, pour la presser et la contraindre, comme si elle en avait le droit, à subir les changements les plus graves. Ainsi donc l'Eglise sera livrée, non seulement à la mobilité des intérêts, mais bien plus encore à celle des passions de ce monde et tout l'état de la religion deviendra flottant et incertain[1]. »

Les signataires des *Réclamations canoniques* abordent ensuite l'examen des diverses dispositions du Concordat ainsi que des articles organiques qui sont la conséquence du deuxième paragraphe de l'article premier de la convention du 15 juillet 1801 ; partout apparaît la main de l'Etat ; elle intervient dans les questions d'ordre ecclésiastique pour faire échec aux droits de l'Eglise en matière de discipline ; elle fait invasion dans le domaine exclusivement spirituel en prétendant régler et réglant en effet la formule de déclaration que les Evêques

---

[1] Quis non insolabili mente prospiciat (nisi exitiali malo remedium citiùs afferatur) actum esse in perpetuum de Episcopatûs immobilitate ; de Ecclesiarum firmitudine conclamatum ; universamque nutare sanctissimæ Religionis œconomiam ? Quoties nempè sæcularis Potestas, quàcumque formâ regiminis utatur, quâlibetve ratione potita sit imperio, proficuum sibi deinceps duxerit, novas in Religionem dispositiones rerum, ac leges inducere, ipsi jàm complanatum est iter, quo gradiens scopum assequatur. Ipsi perspectum erit quid facto sit opus, ut, juxta datum ineunte hoc sæculo exemplum, Religionem incœptis suis servire faciat, et ad gravissimas in illam mutationes invehendas, quasi pro jure suo, impellat et cogat. Ergò ad mobilitatem necessitatum mundanarum, imò cupiditatum mundanarum, Ecclesia commutabitur ; totus ergò Religionis status fluctuabit incertus. »

et les prêtres constitutionnels doivent signer pour obtenir leur admission dans le nouveau clergé et être dispensés de rétracter leurs erreurs.

Tous ces empiétements, tous ces abus de pouvoir sont indéniables; mais, disent quelques personnes, ils doivent néanmoins être tolérés sinon excusés, parce qu'il s'agit du maintien de la paix et de l'unité. Les Evêques répondent : « A-t-on la paix de Jésus-Christ, a-t-on l'unité de Jésus-Christ lorsque le Gouvernement séculier, s'arrogeant la puissance spirituelle contre la volonté de Jésus-Christ, s'établit juge, même des controverses qui se sont élevées sur la doctrine[1] ? »

Les apologistes du Concordat allèguent encore qu'il convient de se soumettre parce que cette convention malgré ses défauts a ouvert les églises au culte catholique. Les anciens Evêques réfutent ce motif et rappellent l'éloquente admonition de saint Hilaire de Poitiers aux chrétiens pusillanimes que les ariens avaient entraînés dans leurs temples :

« Voici un avertissement que je vous donne. Vous avez été le jouet de l'erreur en attachant vos cœurs à des murailles; c'est vainement que vous cherchez l'Eglise de Dieu sous les voûtes des temples, c'est à tort que vous y prononcez le nom de paix. Pour moi les mon-

---

[1] « Numquid enim habetur pax Christi, numquid habetur unitas Christi, ubi sæculare Gubernium potestatem spiritualem sibi, contra voluntatem Christi, vindicans, judicem se constituit, etiàm controversiarum quæ exortæ sunt circà Doctrinam. »

tagnes et les forêts, et les lacs, et les prisons, et les abîmes me paraissent des asiles plus sûrs, car les prophètes s'y retirèrent ou y furent jetés par violence, et là, remplis de l'esprit divin, ils prophétisaient [1]. »

Et enfin s'inspirant des paroles de saint Athanase : « *Est-ce que vous ne comprenez pas que de pareils actes détruisent le Christianisme* [2] ? », les trente-huit Archevêques et Evêques non démissionnaires formulent en ces termes une solennelle protestation contre le Concordat :

« Pour nous, voyant la grandeur du péril dont notre sainte religion est menacée, et voulant dans des circonstances aussi critiques, ne rien omettre de ce que nous devons à nos diocèses, à l'Eglise gallicane, au Saint-Siège, à l'Eglise catholique tout entière, *nous réclamons par les présentes* contre :

« Les lettres apostoliques qui commencent par ces mots : *Tàm multa ac tàm prœclara,* données à Rome et à Sainte-Marie-Majeure le 15 août 1801.

« La convention conclue entre Votre Sainteté et le Gouvernement français le 15 juillet 1801.

« La bulle *Ecclesia Christi* donnée à Rome à Sainte-

---

[1] « Unum moneo... malè vos parietum amor cepit ; malè Ecclesiam Dei in tectis ædificiisque veneramini, malè sub his pacis nomen ingeritis... Montes mihi, et sylvæ, et lacus, et carceres, et voragines sunt tutiores : in his enim Prophetæ, aut manentes, aut demersi, Dei Spiritu prophetabant. (*a*) »

[2] « Annon intelligitis ejusmodi rebus aboleri Christianismum (*b*)? »

(*a*) S. Hilarius, Episc. Pictaviensis, libro contrà Arianos, vel Auxentium, Mediolanensem.
(*b*) S. Athanasii epistola Catholica ad omnes ubique Orthodoxes Episcopos.

Marie-Majeure, l'an de l'Incarnation de N.-S. 1801, le 18 des calendes de septembre.

« La bulle *Qui Christi Domini vices*, donnée à Rome à Sainte-Marie-Majeure l'an de l'Incarnation deN.-S. 1801, le 3 des calendes de décembre, etc.

« Et sans nous démentir en aucune manière du profond respect que nous ne cesserons jamais de porter à Votre Sainteté nous formons opposition aux susdits actes [1]. »

On assure que Pie VII ressentit une affliction très vive en recevant les *Réclamations canoniques*. Combien plus amères encore les réflexions que cet infortuné

---

[1] « Quæ cum ità sint, ut, in tàm periculoso rei Catholicæ statu, quæ nostrarum sunt partium, Diœcesibus nostris, Ecclesiæ Gallicanæ, Sanctœ Sedi, totique Ecclesiæ Catholicæ prœstemus ;

« Litteris Apostolicis incipientibus : *Tàm multa ac tàm præclara*, datis Romæ, apud Sanctam Mariam-Majorem, die 15 Augusti 1801 ;

« Conventioni initæ inter Sanctitatem Vestram et Gubernium Gallicanum, die 15 Julii 1801 ;

« Apostolicis sub plumbo Litteris incipientibus : *Ecclesia Christi*, datis Romæ, apud Sanctam Mariam-Majorem, anno Incarnationis Dominicæ millesimo octingentesimo primo, decimo octavo calendas Septembris ;

« Apostolicis sub plumbo Litteris incipientibus: *Qui Christi Domini vices*, datis Romæ, apud Sanctam Mariam-Majorem, anno Incarnationis Dominicæ millesimo octingentesimo primo, tertio Calendas Decembris ;

« Litteris Apostolicis incipientibus : *Quoniàm favente Deo*, datis Romæ, apud Sanctam Mariam-Majorem, die 29 novembris 1801 ;

« Duobus Decretis, uni quidem incipienti : *Quæ præcipuæ fuerunt Sanctissimi Domini Nostri;* alteri verò incipienti : *Cùm Sanctissimus Dominus Noster ;* utrique Parisiis dato, die 9 Aprilis 1802, ab Eminentissimo Joanne-Baptistâ, Tituli Sancti Honufrii, Sanctæ Romanæ Ecclesiæ Presbytero cardinali Caprara, *à latere* Legato,

RECLAMAMUS PER PRÆSENTES

Et, salvâ prorsùs summâ quam indesinenter Sanctitati Vestræ præstabimus veneratione, suprà memoratis actis intercedimus. »

Pontife dut faire sur le passé, lorsque, dépouillé de ses Etats et brutalement arrêté à Rome dans la nuit du 5 juillet 1809, il fut traîné prisonnier de ville en ville, puis interné, d'abord à Savone et ensuite à Fontainebleau ! Par ses concessions et ses complaisances, de 1801 à 1804, il avait espéré adoucir l'âpre ambition de Bonaparte et il n'avait abouti qu'à surexciter ses convoitises.

D'après divers témoignages contemporains l'examen des *Réclamations canoniques* fut confié par Pie VII à une congrégation qui émit l'avis qu'on ne pouvait faire aucune réponse valable [1]. Un fait certain dans tous les cas, c'est le silence gardé par la Cour de Rome en cette circonstance.

Mais au même moment où Rome se taisait, des voix se firent entendre dans les Eglises d'Europe pour manifester une sorte de stupeur causée par le Concordat et les événements qui l'accompagnèrent.

Pie VII lui-même a constaté cette émotion du monde catholique dans la lettre célèbre qu'il écrivit de Fontainebleau le 24 mars 1813 à Napoléon pour se rétracter et retirer la signature qu'il avait donnée le 25 janvier à un nouveau Concordat [2].

---

[1] L'abbé de la Roche-Aymon, mort à Toulouse en 1841, certifie dans une de ses lettres tenir ce fait du père Héber bibliothécaire de la Minerve, couvent des Dominicains à Rome. L'entretien que l'abbé de la Roche-Aymon rappelle à ce sujet aurait eu lieu à Rome en 1805 en présence de plusieurs témoins, notamment M. Boirot, procureur général des missions étrangères.

[2] Le texte du Concordat du 25 janvier 1813 est inscrit comme loi de l'Empire au *Bulletin des lois*, à la date du 13 février 1813, t. XVIII, p. 185, n° 488. L'article 4 investit le Métropolitain du droit de donner l'institution

« *Votre Majesté*, dit-il, *se rappellera sans doute le cri qui s'éleva en Europe et en France même lorsqu'en 1801 nous jîmes usage de notre autorité pour priver de leurs sièges les anciens Evêques de France* [1] ».

En France les mesures les plus sévères furent prescrites par Bonaparte afin d'empêcher la divulgation des *Réclamations canoniques*. Augustin Theiner rapporte dans son *Histoire des deux Concordats* que le 10 février 1804 le premier Consul avait donné l'ordre au Ministre de la justice de faire arrêter toute personne qui serait porteur de mandements publiés par les Evêques qualifiés de réfractaires [2]. Celui qui écrit ces lignes a connu dans sa jeunesse plusieurs personnes qui furent persécutées parce qu'elles étaient soupçonnées de faciliter la circulation des *Réclamations*. M. de Bournissac, ancien élève des Oratoriens de Juilly et qui appartenait à une des meilleures familles de Provence, subit de ce chef une longue détention à Vincennes.

canonique aux Evêques nommés par l'Empereur dans le cas où le Pape ne l'aurait pas conférée lui-même dans les six mois qui suivaient la nomination. L'article 7, relatif aux Evêques des États-Romains absents *par les circonstances*, les considère comme démissionnaires ou déchus de leurs sièges. L'article 8 prévoit des suppressions de diocèses, de même qu'en France en 1801, pour la Toscane, le pays de Gênes, la Hollande et les provinces Hanséatiques, et par voie de conséquence la destitution des Evêques qui refuseraient de se démettre.

[1] *Mémoires* du Cardinal Barthélemy Pacca, t. II, p. 164, Lyon, 1833. Le texte de la même lettre, rapportée par le chevalier Artaud dans son histoire du Pape Pie VII contient quelques variantes. Ainsi au lieu des mots : *le cri qui s'éleva en Europe*, on lit : *les hautes clameurs que souleva en Europe*, t. II, p. 324, Paris 1836.

[2] *Histoire des deux Concordats*, par Augustin Theiner, t. I, p. 478.

A l'étranger le Gouvernemement français se vengeait des *Réclamations canoniques* en faisant traquer et inquiéter sur tous les points du continent les Evêques qui les avaient signées. On en jugera par la lettre suivante que le premier Consul adressait à M. de Talleyrand, Ministre des affaires étrangères :

Saint-Cloud, 7 juin 1803.

« Je vous prie, citoyen Ministre, de faire les démarches nécessaires pour que MM. de Coucy, ancien Evêque de la Rochelle, de Thémines, ancien Evêque de Blois, et Gaix de Montagnac, ancien Evêque de Tarbes, qui se trouvent en Espagne et viennent par des mandements séditieux de chercher à troubler l'Etat soient arrêtés et tenus au secret dans les couvents et dans les lieux de l'Espagne les plus éloignés de la France.

« Quant à MM. Asseline, ancien Evêque de Boulogne qui est à Hildesheim, Montmorentcy, ancien Evêque de Metz qui est à Munster, Sabran, ancien Evêque de Laon qui est à Vienne, demandez que celui-ci soit en voyé au fond de la Hongrie et que le roi de Prusse renvoie en Pologne Montmorency et Asseline en leur enjoignant de ne point se mêler de faire des mandements s'ils veulent avoir un refuge dans ses états [1]. »

____

[1] *Histoire des deux Concordats,* par le père Theiner, Ier volume, p. 476.

A quelques mois de là, Bonaparte écrivait au général Bernonville, ambassadeur à Madrid, pour réclamer l'arrestation et l'extradition de Mgrs de Thémines et de Coucy [1]. Ces Evêques durent se retirer en Portugal pour échapper aux fureurs du premier Consul et plus tard gagner l'Angleterre.

Les mandements qui excitaient si fort la colère du chef du Gouvernement français étaient des Lettres pastorales ou des instructions d'ordre spirituel que les Evêques non démissionnaires adressaient en France aux prêtres qu'ils avaient délégués pour la direction des catholiques fidèles à leur cause.

Tel était l'avis portant le titre de *Signification officielle* que les Evêques réfugiés à Londres firent parvenir en 1804 à ceux de leurs grands-vicaires qui avaient pu maintenir leur résidence en France et qui se termine par cette prescription formelle : « *Toute communication avec eux* (les prêtres concordatistes) *dans les choses de la religion est absolument interdite et défendue.* »

Telle aussi la lettre que Mgr Seignelay-Colbert, Evêque de Rhodez non démissionnaire, écrivait de Londres en 1810 au nom de ses collègues à un grand-vicaire de Lambez, où, faisant allusion aux concordatistes il disait : « *C'est avec de pareils hommes que nous vous interdisons toute communication dans les choses spirituelles.* »

Telle encore la lettre du 22 décembre 1813 dans

---

[1] *Histoire des deux Concordats*, par A. Theiner, vol. I, p. 476.

laquelle les Evêques français résidant en Angleterre, où les poursuites de Napoléon les avaient contraints de se réfugier, disaient en substance qu'ils n'avaient d'autres recommandations à adresser aux ecclésiastiques qui demeurent attachés aux vrais principes que de s'en tenir aux écrits que les Evêques non démissionnaires ont faits en commun et signés, et dans lesquels sont contenues les règles de conduite qui furent tracées pour éclairer les fidèles et guider les ecclésiastiques qui ne peuvent s'égarer en les suivant.

Du fond de l'exil où la dureté des temps les avait jetés, les Evêques non démissionnaires continuèrent de la sorte à entretenir des relations aussi fréquentes que le permettaient les circonstances avec les prêtres et les fidèles qui persévéraient en France dans l'attachement aux principes exposés dans les *Réclamations canoniques*. Ils s'efforcèrent constamment dans des Lettres pastorales, instructions et avis de formes diverses, de soutenir leur foi, de les exhorter et de les guider au milieu des difficultés que présentait la situation et en face de la privation de secours religieux qui était la conséquence des événements. Ces lettres, ces instructions écrites, échappées au pilon des inquisiteurs officiels, étaient gardées respectueusement dans les familles et forment encore aujourd'hui une sorte de trésor spirituel où des âmes pieuses puisent des consolations et des encouragements.

UNE

MISSION A ROME

En 1869

PRÉLIMINAIRES D'UNE MISSION A ROME

En prenant la défense des principes méconnus par le Concordat de 1801, les auteurs des *Réclamations canoniques* étendaient leurs regards au delà des événements contemporains. Ils pressentaient les conséquences funestes d'une première atteinte aux lois séculaires de l'Eglise catholique et à la liberté des consciences. La brèche faite aux traditions frayerait tôt ou tard la voie à de nouveaux empiétements de la part du pouvoir temporel, et pour remédier autant qu'il était en eux aux maux du présent et conjurer les périls de l'avenir, les Evêques non démissionnaires voulurent que leurs protestations fussent énergiquement maintenues jusqu'au jour où les principes pour lesquels ils avaient combattu seraient relevés de leur déchéance.

Cette volonté, nettement manifestée en divers écrits des anciens Evêques, se trouve exprimée avec une force particulière dans une lettre adressée par Mgr de Lauzières-Thémines, Evêque de Blois à Louis XVIII, le 15 octobre 1817, où on lit ces paroles : « *Plaise au ciel que les Réclamations et oppositions de l'Eglise gallicane soient perpétuées jusqu'au redressement des torts et des injures,* qu'un cri apostolique fasse entendre partout comme il s'est déjà entendu quelque part : Personne dans l'Eglise de Jésus-Christ n'a le droit d'abattre les fondements, personne n'a le droit de faire des intrus. »

Les mêmes désirs, la même volonté de conserver à la protestation collective des Evêques non démissionnaires toute sa notoriété et toute sa force étaient encore manifestés en termes formels dans les Lettres pastorales du 15 février 1826 et du 7 août 1829 que Mgr de Blois, dernier survivant des membres de l'ancien Episcopat, écrivait à propos des Jubilés prescrits par les Papes Léon XII et Pie VIII. Il recommandait expressément aux catholiques qui suivaient sa direction de serrer leurs rangs autour des « *Réclamations canoniques que les Evêques légitimes ont déposées au pied de la chaire de saint Pierre en témoignage solennel de la foi antique et hérédi-taire* et qui doit être *leur étoile polaire* ».

Enfin, dans les derniers temps de sa vie Mgr de

Lauzières-Thémines mettait la dernière main à la rédaction de trois écrits destinés à être en quelque sorte son testament spirituel. Dans les deux premiers intitulés · l'un *Lettre au Pape*, l'autre *Lettre aux Evêques orthodoxes*, il déférait l'affaire de l'Eglise de France à tous les Evêques de la chrétienté [1].

Le troisième de ces écrits, qui portait le titre de *Lettre instructive*, traçait aux catholiques de France la ligne de conduite qu'ils devraient suivre après la mort de leurs derniers Pasteurs; elle réitérait l'interdiction de communiquer *in divinis* avec l'Eglise issue du Concordat, aussi longtemps que la violation des principes subsisterait.

Ces trois lettres, dont diverses correspondances, échangées de 1825 à 1829, entre Mgr de Thémines ou ses grands-vicaires et divers ecclésiastiques et anciens magistrats, ont fait connaître le plan, la substance et l'esprit, étaient complètement achevées quelque temps avant la mort de cet Evêque arrivée le 2 novembre 1829 à Bruxelles où il s'était rendu accidentellement pour affaires privées [2]. Elles devaient bientôt après être imprimées à Londres et une souscription avait été offerte

---

[1] Lettre de Mgr de Blois à M. le marquis de Bonneval.

[2] Par testament en date du 19 octobre 1829, Mgr de Blois avait légué son calice et sa croix pastorale aux derniers prêtres non concordatistes de la Vendée avec ordre de les briser après leur mort et d'en distribuer le prix aux pauvres. Ces dernières volontés ont été ponctuellement exécutées ainsi que l'attestent des lettres de témoins oculaires que possède l'auteur de cet écrit.

de Lyon à cet effet. Malheureusement la mise à exécution de ce projet a été empêchée par la mort presque subite de Mgr de Thémines, car malgré des démarches réitérées, les manuscrits de ces trois lettres sont demeurés en des mains auxquelles ils n'étaient pas destinés et vraisemblablement ils ne seront jamais publiés. Mais quel que soit le sort des textes mêmes, la substance et le but de ces lettres étant bien connus, leur influence subsiste et s'exerce aujourd'hui encore sur tous ceux qui demeurent respectueusement attachés à la mémoire de Mgr de Blois.

Aussi longtemps que vécurent les grands-vicaires et les prêtres qui tenaient leurs pouvoirs des trois derniers Evêques réclamants, Mgrs de Vintimille, Evêque de Carcassonne, Amelot, Evêque de Vannes, de Lauzières-Thémines, Evêque de Blois, les simples fidèles dont le dévouement à la cause de ces prélats ne s'était jamais démenti s'abstinrent de prendre une initiative militante. Ce n'était point à eux qu'il appartenait d'agir. Mais lorsque toute direction immédiate vint à leur manquer, ils regardèrent comme un devoir d'être attentifs aux événements qui pourraient leur permettre d'appeler l'attention des Pasteurs de l'Eglise catholique sur la situation que le Concordat avait faite à l'Eglise de France. Mgr de Blois n'avait-il pas dit dans une de ses lettres : « *Plusieurs prétendent que les laïques ne doivent pas se mêler de cette affaire religieuse, et moi je dis que la succession apostolique est au contraire le dogme salutaire de tout le monde* : Omnis homo miles [1]. »

Mais les circonstances étaient rares où il parût opportun d'agir. Cependant de 1840 à 1869, il est arrivé à plusieurs reprises que des communications ont pu être faites à quelques Evêques dans des conditions où le silence aurait ressemblé à une désertion. Il convient surtout de rappeler :

1° Les entrevues que M. de Bournissac, celui-là même qui avait été détenu à Vincennes à propos des *Réclamations*, eut à Florence vers 1842 avec l'Archevêque de cette ville. Un dossier complet lui fut remis sur sa demande.

2° Les rapports qui existèrent entre Mgr Franzoni, Archevêque de Turin, et quelques personnes attachées aux anciens Evêques pendant le séjour que ce prélat fit à Lyon lorsque le Gouvernement sarde l'avait banni de son diocèse. Un exemplaire des *Réclamations canoniques* ainsi que diverses pièces relatives au Concordat furent déposés dans ses mains sur le désir qu'il en avait manifesté.

Ces entretiens et démarches n'ont amené aucun résultat, au moins apparent; il convient cependant de faire remarquer que les témoignages particuliers d'estime et de sympathie que ces Archevêques daignèrent accorder à leurs visiteurs autorisent de penser que l'examen de

---

[1] Lettre au marquis de Bonneval, 20 août 1825.

l'affaire du Concordat de 1801 avait vivement impressionné leurs esprits et excité à un haut degré leur sollicitude.

Lorsqu'apparut en 1868 la bulle *Æterni Patris Unigenitus*, publiée par le vénérable Pontife Pie IX, une sincère émotion fut ressentie dans les rangs de ceux qu'on appelait les membres de la *petite Eglise*.

Le successeur de saint Pierre convoquait tous les Evêques du monde catholique à un Concile général afin d'examiner d'un commun accord les diverses questions qui se rapportaient, disait la Bulle, à la plus grande gloire de Dieu, à l'intégrité de la foi, au salut éternel des hommes, au maintien de la discipline, à l'observation des lois ecclésiastiques et en vue d'adopter ensemble les remèdes les plus salutaires pour guérir les maux de l'Eglise.

L'heure n'était-elle pas venue de déférer l'affaire de l'Eglise de France, suivant le vœu et l'expression de Mgr de Blois à tous les Evêques assemblés ? En Vendée comme à Lyon, cette question fut immédiatement soulevée, et à la suite d'un échange de vues entre les divers groupes de fidèles opposés au Concordat, il fut résolu qu'une démarche collective serait faite auprès du Pape et des Pères du Concile et qu'un exemplaire des *Réclamations canoniques* du 6 avril 1803, accompagné d'un mémoire explicatif de la conduite des catholiques demeurés fidèles à la cause des anciens Evêques, serait adressé à chacun des membres du Concile œcuménique.

Le mémoire explicatif devait renfermer une déclaration très explicite d'attachement à l'Eglise Catholique, Apostolique et Romaine et de soumission respectueuse aux successeurs des Apôtres qui s'assemblaient autour de la Chaire de saint Pierre pour représenter l'Eglise universelle comme autrefois dans les saints Conciles de Nicée et de Trente. Il devait en outre rappeler succinctement les événements qui touchent au Concordat de 1801 et exposer avec fidélité les considérations d'ordre supérieur qui avaient déterminé les Evêques réclamants à refuser leurs démissions et à prescrire à leurs adhérents de rendre eux-mêmes témoignage aux principes développés dans les *Réclamations canoniques* en s'abstenant de communiquer avec le nouveau clergé.

Un projet écrit en langue française fut rédigé avec l'assistance des anciens qui avaient été les témoins des événements ou qui en tenaient directement le récit des contemporains. Les documents originaux que possédaient quelques familles, les lettres et instructions que plusieurs Evêques réclamants avaient écrites et qui n'ont pas été publiées, celles de leurs grands-vicaires, de théologiens et de prêtres attachés à leur cause furent consultés avec soin et servirent de guide sur le terrain des principes.

Et comme ce mémoire devait exprimer avec exactitude les sentiments de tous et recevoir ultérieurement les signatures des chefs de famille, lecture en fut donnée, soit à Lyon, soit en Vendée, dans des réunions spécialement convoquées dans ce but et sa rédaction ne devint définitive que d'un consentement unanime.

Il fut encore décidé que deux délégués seraient envoyés à Rome, à l'époque de l'ouverture du Concile pour faire le dépôt entre les mains du Père commun des fidèles et entre celles du Secrétaire général du Concile des deux exemplaires du *Mémoire* sur lesquels les signatures des adhérents devaient être apposées. Les suffrages en Vendée de même qu'à Lyon se réunirent sur MM. Jacques Berliet et Marius Duc pour représenter les fidèles de ces deux pays dans l'accomplissement de la mission qui venait d'être résolue. Ces deux délégués étaient nés à Lyon, mais l'un d'eux par ses origines tenait à une famille bretonne.

Ces décisions étant mûrement arrêtées, les délégués s'occupèrent activement du *Mémoire* dont une traduction très exacte fut faite en langue latine, le texte devant être imprimé en français et en latin. Des objections ayant été présentées par divers imprimeurs en France, sous prétexte que le Concordat, loi de l'Etat, était attaqué dans ce *Mémoire*, l'impression eut lieu à Genève dans l'été de 1869. Deux éditions, furent faites, l'une à quelques exemplaires seulement, format in-folio, destinée à recevoir des signatures et à être présentée au Pape et au Secrétaire général du Concile, l'autre, format in-8°, pour être distribuée aux Pères de l'illustre Assemblée [1].

---

[1] Le texte latin porte le titre : *Reverentissima commentatio ad sacro-sanctum œcumenicum Concilium romanum de variis actis ad Ecclesiam gallicanam spectantibus.*

La réimpression des *Réclamations canoniques* se fit à Lyon, format in-8°, en conformité avec les textes des éditions de 1803 et 1820.

Cinq cents signatures environ furent apposées sur les deux exemplaires du *Mémoire* français-latin destinés au Souverain Pontife et au Secrétaire général du Concile. L'extrême dispersion des groupes de fidèles attachés aux anciens Evêques et la brièveté du temps dont on disposait avant l'ouverture du Concile du Vatican, fixée au 8 décembre, ne permirent pas de recueillir les adhésions de bien des âmes pieuses, malgré le désir formel qu'elles avaient exprimé de s'associer à cette manifestation.

Les exemplaires signés, ainsi que les deux exemplaires des *Réclamations canoniques* réservés au Pape et au Secrétaire du Concile, furent revêtus de riches reliures exécutées suivant les usages adoptés en pareille occurrence.

Mille exemplaires in-8° du *Mémoire* et mille exemplaires des *Réclamations canoniques*, réunis deux à deux sous une même enveloppe pour faciliter la distribution, furent expédiés par avance à Rome pour y rester déposés à la douane pontificale à la disposition des délégués.

Enfin, quelques jours avant leur départ, ces délégués de Lyon et de la Vendée eurent la satisfaction d'être présentés à Mgr Callot, Evêque d'Oran (Afrique), qui traversait Lyon avant de se rendre au Concile et de lui communiquer le *Mémoire* qu'ils avaient la mission de porter aux Evêques assemblés. Ce respectable prélat se montra fort sympathique à la démarche projetée; il parut satisfait de la rédaction du *Mémoire*, et. après avoir adressé aux délégués des paroles d'encouragement, il leur recommanda de venir le trouver à Rome dès leur arrivée.

MISSION A ROME

Les deux délégués partirent de Lyon le 30 novembre 1869, porteurs des exemplaires destinés au Souverain Pontife et au Secrétaire général du Concile. Le passage du Mont-Cenis fut difficile à cause de l'amoncellement des neiges et peu s'en fallut que les voyageurs ne fussent obligés de s'arrêter à l'hospice qui s'élève au sommet du col. Ils purent cependant sans interruption continuer leur voyage par Turin et Bologne et arriver à Florence dans l'après-midi du 1er décembre. Ils séjournèrent un jour et demi dans cette ville qui était alors la capitale du nouveau royaume d'Italie afin de faire viser à l'ambassade française leurs passeports pour Rome.

Le 3 décembre, ils arrivèrent à Rome et descendirent à l'hôtel de Rome, *via del Corso*. Leur première préoccupation fut d'obtenir de la douane pontificale, la délivrance des caisses qui renfermaient les deux mille exemplaires des *Réclamations canoniques* et des *Mémoires*.

Le censeur chargé de l'examen des livres, préalablement à leur introduction dans les Etats de l'Eglise, prit rapidement connaissance du *Mémoire*, et, à la suite de quelques explications verbales relatives aux *Réclamations canoniques*, il autorisa la remise des deux mille exemplaires qui furent effectivement délivrés dans la journée du 4 décembre.

Mais pour procéder à la distribution de ces exemplaires, comment découvrir les adresses des Evêques étrangers à la ville de Rome et récemment arrivés ou qui arrivaient chaque jour ? Et ensuite où trouver des agents sûrs pour en opérer le dépôt à domicile?

La première difficulté fut heureusement surmontée à la suite d'informations qui apprirent aux délégués que les rédacteurs du journal romain l'*Osservatore Romano* dressaient et publiaient chaque jour la liste des Evêques qui arrivaient à Rome avec l'indication des couvents, des hôtels et des maisons particulières où ils étaient descendus. Ces listes furent communiquées avec beaucoup d'obligeance, et chaque jour les suppléments ou les rectifications aux premières listes étaient remis aux deux Lyonnais qui, dès lors, eurent à leur disposition une base certaine pour adresser à chacun des Pères du Concile un exemplaire des *Réclamations* et un exemplaire du *Mémoire*, réunis à l'avance sous une même enveloppe.

La question des distributeurs fut également résolue d'une façon satisfaisante, grâce à l'excellente intervention de M. Dallezeite, agent à Rome des Messageries impériales de France, auquel les délégués étaient recommandés et qui, dès le lundi matin 6 décembre, mit à leur disposition des agents choisis, dans la ponctualité desquels il était permis d'avoir toute confiance.

Ces préliminaires étant ainsi réglés, les délégués consacraient une partie des nuits à inscrire les adresses sur les exemplaires et chaque matin à sept heures les distributeurs venaient à l'hôtel de Rome prendre les exemplaires préparés la veille ou dans la nuit, les classaient par quartiers et les emportaient pour en opérer la distribution dans le cours de la journée. Ils rapportaient le lendemain les exemplaires dont les adresses étaient inexactes afin que les rectifications nécessaires puissent être effectuées d'après les indications des suppléments de l'*Osservatore Romano*.

En suivant cet ordre de travail sans aucune interruption, la distribution, commencée le lundi 6 décembre, fut complètement achevée le samedi suivant. Sept cents à sept cent cinquante exemplaires des *Réclamations canoniques* et pareil nombre de *Mémoires* furent déposés aux domiciles des Pères du Concile.

Dès le 4 décembre les délégués se rendirent au palais du Vatican afin de solliciter une audience particulière du Saint-Père. Ils furent reçus par un des secrétaires de Mgr Ricci, maître des chambres, qui leur annonça que les audiences étaient momentanément suspendues à cause des travaux préparatoires du Concile et qui ajouta que

les Evêques eux-mêmes n'étaient admis que collective-
ment par provinces ecclésiastiques. Sur les explications
que fournirent les délégués lyonnais au sujet de leur
mission et sur le dépôt qu'ils firent à l'appui de leurs
déclarations d'un exemplaire des *Réclamations canoniques* et du *Mémoire* explicatif, le secrétaire de Mgr Ricci
les invita à écrire à ce prélat pour faire connaître les
motifs de leur demande et justifier l'exception qu'ils
sollicitaient.

Les délégués adressèrent alors à Mgr Ricci la lettre
suivante qui fut remise le 6 décembre à un de ses
secrétaires ainsi que deux exemplaires des *Réclamations*
et du *Mémoire*.

« Monseigneur,

« Nous avons l'honneur de nous adresser à Votre
Seigneurie à l'effet d'obtenir une audience particulière
de notre Très Saint-Père le Pape Pie IX.

« Quelque insigne que soit une telle faveur, nous osons
espérer que notre demande ne sera point repoussée lorsque nous aurons énoncé les motifs qui nous inspirent
en cette circonstance.

« Nous venons à Rome, envoyés de France par plusieurs centaines de familles catholiques avec la mission
de déposer aux pieds du Saint-Père un *Mémoire* très respectueux dans lequel les chefs de ces familles, sous le
sceau de leurs signatures, exposent au Souverain Pontife

et aux Pères du Concile œcunémique du Vatican quelle est leur situation depuis le Concordat de 1801.

« A ce *Mémoire* est annexé un document portant la date du 6 avril 1803 et intitulé *Expostulationes canonicæ* qui forme la base de la ligne de conduite suivie depuis le commencement de ce siècle par les signataires du *Mémoire* précité.

« Nous avons l'honneur de joindre à la présente supplique un exemplaire petit format de chacune des deux pièces dont nous venons de parler afin que Votre Seigneurie puisse se rendre un compte exact de ce que nous sommes.

« A l'appui de notre demande nous n'avons, il est vrai, à produire aucune recommandation officielle. Nous n'en conservons pas moins la ferme espérance qu'elle sera prise en considération par le très illustre Pontife, qui, dans sa Bulle d'indiction du Concile œcuménique *Æterni Patris Unigenitus* a donné au monde un témoignage éclatant de la charité qui l'anime pour veiller avec sollicitude au salut de tout le troupeau du Seigneur, *ac universi dominici gregis saluti advigilare et consulere*.

« Nous vous prions, Monseigneur, d'agréer l'hommage de notre profond respect. »

Rome, le 6 débembre 1869.

Au moment où ils déposaient cette lettre, les deux Lyonnais furent invités à se présenter le jeudi matin

9 décembre au Vatican pour recevoir communication de la décision qui serait adoptée dans l'intervalle.

Au milieu de toutes ces démarches et préoccupations, MM. Berliet et Duc conservaient fidèlement le souvenir du bienveillant accueil qu'ils avaient reçu de Mgr Callot, Evêque d'Oran, lors de son passage à Lyon et de l'invitation qu'il leur avait faite de le voir à Rome dès leur arrivée. Ils se présentèrent chez lui le samedi 4 décembre. Mais ce prélat était alité à la suite des fatigues qu'il avait éprouvées dans le cours de son voyage, de sorte qu'il ne put les recevoir que le lundi suivant ; ils eurent avec lui une longue entrevue et lui rendirent compte des dispositions qu'ils avaient prises. Il les approuva et leur recommanda expressément de faire dès le lendemain une visite à Mgr Fessler, Evêque de Saint-Hyppolite (Autriche), Secrétaire général du Concile entre les mains duquel un des deux exemplaires du *Mémoire* revêtu des signatures devait être déposé ; puis il leur fit part d'entretiens qu'il avait eus à leur sujet, soit en cours de voyage, soit depuis son arrivée, avec plusieurs Evêques de divers pays, d'Espagne surtout, ajoutant que ces Evêques avaient prêté une grande attention aux détails qu'il leur avait donnés. Peut-être serait-il convenable que les délégués fissent une visite à l'Archevêque de Valence.

Ainsi que Mgr l'Evêque d'Oran leur en avait donné le conseil, les deux Lyonnais se rendirent le mardi 7 décembre dans les bureaux du secrétariat général du Concile qui était installé dans le voisinage du Vatican, *Borgo nuovo caҳa Luҳҳi*. C'était là que Mgr Fessler donnait ses audiences. La salle d'attente était remplie d'ecclésiastiques de tout rang et l'arrivée de personnes en costume civil parut exciter un mouvement de curiosité ; un secrétaire qui parlait la langue française s'approcha d'eux ; ils lui firent connaître ce qu'ils étaient et leur désir d'être reçus par Mgr Fessler, afin de déposer en ses mains les documents dont ils étaient porteurs pour le Concile. A l'appui de leur dire, ils remirent à ce secrétaire deux exemplaires in-8° des *Réclamations* et du *Mémoire*. Mgr Fessler ayant été prévenu de l'incident fit répondre quelques instants après que les délégués étaient invités à revenir le même jour à 3 heures avec les documents destinés au Concile et qu'il les recevrait.

A l'heure indiquée, les Lyonnais porteurs du *Mémoire* signé et de l'exemplaire des *Réclamations canoniques* destinés au Concile se présentèrent de nouveau au secrétariat général. Le nombre des visiteurs était plus considérable encore que le matin ; il y avait une réelle affluence de dignitaires ecclésiastiques, Cardinaux et Evêques de tout rite qui attendaient leur tour d'audience. Ce grand concours de visiteurs n'avait rien de surprenant à la veille même de l'ouverture solennelle du Concile du Vatican, car très nombreuses devaient être à cette dernière heure les mesures et dispositions à adopter ainsi que les communications à échanger. Au bout d'un certain temps d'attente deux secrétaires de Mgr Fessler vinrent auprès des délégués pour les informer que ce prélat était à tel point surchargé de travail qu'il se trouvait dans la nécessité de suspendre les réceptions. Ils ajoutèrent qu'ils étaient autorisés à recevoir les exemplaires destinés au Concile et de plus qu'ils étaient chargés d'inviter les deux Lyonnais à revenir le jeudi suivant à 9 heures du matin, attendu que Mgr Fessler désirait leur parler.

Le dépôt des deux exemplaires, *Réclamations* et *Mémoire* revêtu des signatures, fut donc effectué dans les mains des deux secrétaires envoyés par Mgr Fessler et l'audience promise fut ajournée au surlendemain jeudi.

Dans l'intervalle de ces démarches auprès du Secrétaire général du Concile, les délégués se présentèrent chez plusieurs Evêques de divers pays. Ils eurent la satisfaction d'être reçus par Mgr Alexandre Bonnaz, Evêque de Csanàd et Temeswàr (Hongrie), qui les accueillit avec beaucoup de bonté et leur accorda une longue audience; il s'enquit avec soin de la situation des adhérents au *Mémoire*, des motifs de leur persévérance, des espérances qu'ils fondaient sur la réunion du Concile œcuménique. Ce prélat parlait la langue française avec beaucoup de facilité et une grande correction. A une remarquable élévation dans les vues, il joignait une douceur et une mansuétude qui laissaient dans le souvenir de ceux qui l'approchaient une impression ineffaçable. Il promit aux Lyonnais d'étudier très attentivement leur cause et d'en conférer avec plusieurs de ses collègues; enfin il poussa la bienveillance jusqu'à leur annoncer qu'il les recommanderait d'une façon spéciale à Son Eminence le Cardinal de Rauscher, Archevêque de Vienne et à Mgr Haynald, Archevêque de Colocza (Hongrie).

L'ouverture du Concile du Vatican avait été fixée au mercredi 8 décembre, jour de la fête de la Conception. Ce jour là tous les Pères du Concile se rendirent processionnellement dans la salle de leurs séances qui avait été disposée dans une des dépendances de l'église de Saint-Pierre. La présence de ces Patriarches, Archevêques et Evêques de tout rite, accourus de tous les points du globe à l'appel de leur Chef et rassemblés sous les voûtes de l'immense basilique, offrait un spectacle émouvant, qui frappait bien plus encore la pensée que les regards. La chaîne des assemblées œcuméniques de l'Eglise catholique, interrompue durant plus de trois siècles, était ainsi renouée. Quelle influence ce grand événement exercerait-il sur la société moderne si orgueilleuse de sa civilisation en même temps que si profondément menacée dans ses fondements par l'esprit de négation et de raillerie ? Etait-ce une ère de rénovation religieuse et sociale qui allait s'ouvrir au flambeau de la foi, ou bien ce flambeau, qui ne s'éteindra pas, mais qui ne jettera plus que de faibles lueurs aux jours de séduction annoncés par l'Evangile (saint Mathieu, ch. xxiv), va-t-il, après un dernier éclat, être méconnu et se voiler en signe que les derniers temps approchent?

Ces impressions d'espérance et de tristesse se succédaient dans les cœurs des délégués lyonnais pendant qu'ils assistaient à l'imposante cérémonie de la procession, et peut-être se trouvaient-elles aussi au fond de bien des pensées, car l'attitude particulièrement recueillie que de nombreux fidèles montraient en cette mémorable circonstance avait quelque chose de grave qui éveillait fortement l'attention.

Le lendemain jeudi 9 décembre, jour désigné pour l'audience promise par le Secrétaire général du Concile et aussi pour la réponse à la demande d'audience particulière du Saint-Père, les délégués, après s'être munis des deux exemplaires destinés au Souverain Pontife, se dirigèrent de bonne heure vers la résidence de Mgr Fessler ; la réception était fixée à 9 heures. Mais un accident survenu à la voiture qui conduisait les deux Lyonnais, et qui d'ailleurs n'eut pas de suites graves, retarda ces derniers d'une façon notable, de telle sorte qu'au moment où ils mettaient pied à terre devant le secrétariat, Mgr Fessler sortait en voiture. Ils furent heureusement reconnus par un des secrétaires de ce prélat qui les avait vus lors de leurs précédentes visites. Il avertit Mgr Fessler qui fit aussitôt donner l'ordre au cocher d'arrêter. MM. Berliet et Duc s'approchèrent, mais Mgr Fessler non plus que le secrétaire qui l'accompagnait n'entendaient la langue française. Après un instant d'hésitation les délégués s'exprimèrent en latin qu'ils connaissaient suffisamment pour comprendre et être compris ; ils s'excusèrent de leur arrivée tardive, manifestèrent leur reconnaissance pour l'accueil favorable qu'ils recevaient et firent allusion aux documents destinés au Concile qu'ils avaient déposés deux jours auparavant au secrétariat général. Mgr Fessler répondit en termes bienveillants qu'ils lui étaient parvenus et qu'il les en remerciait. Il demanda si des documents semblables avaient été remis au Saint-Père. Sur l'affirmation des Lyonnais que dans quelques instants les deux exemplaires dédiés au Souverain Pontife seraient portés au palais du Vatican, Mgr Fessler exprima son approbation ; puis, après s'être respectueusement inclinés, MM. Berliet et Duc se retirèrent, heureux d'avoir reçu de la bouche même du Secrétaire général du Concile l'assurance que les pièces qui lui étaient destinées étaient effectivement dans ses mains.

Ils se rendirent ensuite au Vatican. Les secrétaires de Mgr Ricci firent une réponse dilatoire au sujet de l'audience sollicitée ; puis sur l'insistance des délégués qui demandaient à faire immédiatement le dépôt des exemplaires des *Réclamations canoniques* et du *Mémoire* signé, destinés au Chef de l'Eglise, les mêmes secrétaires prétendirent ne pouvoir accepter ces pièces sans en référer au préalable à leurs supérieurs et ils réclamèrent un délai de deux heures afin de prendre des instructions.

A l'expiration de ce délai, les secrétaires annoncèrent qu'ils étaient autorisés à recevoir les documents dédiés au Saint-Père. Le dépôt en fut aussitôt effectué dans leurs mains. Mais, en ce qui concernait l'audience, ils affirmèrent de nouveau qu'aucune réponse n'avait été donnée jusque là par le Pape ; ils ajoutèrent seulement que Mgr Ricci recevrait les délégués le lendemain à midi, quelle que fût la décision intervenue.

MM. Berliet et Duc furent effectivement reçus le lendemain par Mgr Ricci qui leur fit un accueil courtois. Ce prélat leur déclara tout d'abord en termes absolument affirmatifs que les exemplaires des *Réclamations* et du *Mémoire* lui avaient été remis exactement par ses secrétaires, qu'à son tour il les avait placés dès la veille sous les yeux du Saint-Père et qu'à cette heure encore ils étaient sur sa table de travail, circonstance qui semblait indiquer de sa part l'intention d'en faire un examen spécial. Mais il ajouta qu'en ce qui concernait l'audience demandée aucune réponse n'avait été donnée par Sa Sainteté et qu'il lui était impossible dans les circonstances actuelles, au milieu du surcroît d'affaires et de préoccupations causé par la réunion du Concile, de prévoir si l'audience serait accordée et la date à laquelle elle pourrait l'être.

Les deux Lyonnais remercièrent Mgr Ricci pour l'assurance qu'il leur donnait que les *Réclamations canoniques* et le *Mémoire* revêtu de signatures qu'ils avaient déposés avaient été remis par lui-même au Saint-Père et placés sous ses yeux. La partie essentielle de leur mission se trouvait ainsi accomplie puisque le Chef de l'Eglise, de même que le Secrétaire général du Concile avaient reçu les documents qui leur étaient destinés. Il était pénible

pour eux de se retirer sans avoir obtenu l'audience sollicitée, mais ils comprenaient qu'en présence de l'importance et du nombre des travaux exceptionnels qui
incombaient à cette heure à Sa Sainteté, il lui était impossible d'accorder ce qu'en d'autres temps elle n'aurait
certainement pas refusé. MM. Berliet et Duc annoncèrent
donc en se retirant qu'ils repartiraient très probablement
pour la France à bref délai.

La réponse de Mgr Ricci ne permettait pas aux délégués de conserver des illusions sur la probabilité d'une
prochaine audience du Pape. Après avoir consulté
Mgr Callot, Evêque d'Oran, qu'ils voyaient chaque jour,
à qui ils rendaient compte de leurs démarches et dont
ils prenaient l'avis sur toute question essentielle, ils
résolurent de rentrer en France aussitôt qu'ils auraient
achevé la distribution des *Réclamations* et *Mémoires* et
terminé la série des visites qui leur étaient dictées par
les convenances. Ils étaient du reste déterminés à
accélérer leur retour par l'état de fatigue physique dans
lequel se trouvait M. Berliet, sous le coup des émotions
que comportait la mission en elle-même, des veilles
causées par les préparatifs de distribution et des déplace-
ments, courses et visites qui chaque jour se succédaient
sans interruption.

La journée du samedi 11 décembre fut employée à
compléter la distribution des *Réclamations* et des *Mémoires* et à faire des visites à plusieurs Cardinaux, Archevêques et Evêques à qui Mgrs Callot et Bonnaz avaient

bien voulu recommander les deux Lyonnais. De ce nombre étaient Leurs Eminences les Cardinaux de Rauscher, Archevêque de Vienne ; Schwartzenberg, Archevêque de Prague ; Mgrs Haynald, Archevêque de Colocza (Hongrie) ; Blanchet, Archevêque d'Oregon-City (Etats-Unis); Barrio y Fernandez, Archevêque de Valence (Espagne); Darboy, Archevêque de Paris ; Dupanloup, Evêque d'Orléans, et Maret, Evêque de Sura *in partibus.*

Il était extrêmement difficile d'obtenir de ces prélats un instant d'entretien à raison des assemblées et des réunions de congrégations auxquelles ils devaient eux-mêmes assister, des heures fort restreintes qu'ils pouvaient consacrer aux réceptions et du nombre considérable des visiteurs. Les deux délégués furent donc obligés de limiter cette série de démarches à des actes de déférence et de politesse ; ils déposèrent leurs cartes chez chacun de ces dignitaires de l'Eglise en y joignant un pli cacheté qui renfermait un exemplaire des *Réclamations canoniques* et un du *Mémoire.*

Dans la soirée du même jour ils firent leur visite d'adieux à Mgr Callot, Evêque d'Oran, et lui exprimèrent toute leur reconnaissance pour l'appui qu'il leur avait donné ; ils le prièrent d'être encore dans l'avenir leur protecteur et leur guide. Dans un long entretien ce digne Pasteur leur promit de ne les point oublier, ajoutant qu'ils devaient être sans inquiétude malgré le silence qu'il pourrait garder à leur égard pendant la durée du Concile. Il continuerait de s'occuper de leur cause avec une affectueuse sollicitude et les informerait en temps opportun des résultats obtenus. Il leur dit encore qu'il se concerterait avec Mgr Bonnaz, Evêque de Csanàd, pour agir d'un commun accord en leur faveur, et que, dans le cas où des circonstances imprévues nécessiteraient des explications écrites ou même la présence à Rome des délégués, il se chargerait de les prévenir. Enfin il leur fit l'expresse recommandation de s'abstenir de toute polémique dans les journaux relativement à leur cause, et, au moment où les deux Lyonnais allaient se retirer, il leur donna sa bénédiction.

Le lendemain 12 décembre, qui était un dimanche, MM. Berliet et Duc se présentèrent chez Mgr Bonnaz pour lui offrir l'expression de leurs respects et lui adresser leurs adieux. Ce respectable prélat leur dit qu'il avait étudié avec grand soin les documents qu'ils lui avaient remis et particulièrement les *Réclamations canoniques*. D'après lui les Evêques réclamants avaient accompli un devoir et *n'avaient rien à rétracter*. Il s'était entretenu, avec plusieurs de ses collègues du Concile, de la conduite de ces Evêques et de l'attitude de leurs adhérents. Son Eminence le Cardinal Rauscher avait nettement exprimé l'avis que *la constance des signataires du Mémoire était digne d'éloges et qu'il était juste que le Concile s'occupât de leur cause*. Il dit enfin aux deux délégués qu'ils pouvaient être assurés que *personnellement* il ferait tout ce qui dépendrait de lui afin qu'*une satisfaction leur fût accordée*.

Il leur donna ensuite sa bénédiction pour eux et leurs familles, ajoutant qu'il ne les oublierait point devant Dieu et qu'il prierait également pour tous leurs amis de France. Les deux délégués étaient émus jusqu'aux larmes lorsqu'ils prirent congé du doux et pieux Evêque de Hongrie.

Leur mission était finie. Ils fixèrent leur départ au soir même, et dès leur retour à Lyon ils rendraient compte du mandat qu'ils avaient reçu. Mais ils ne pouvaient oublier qu'ils étaient aussi les mandataires de leurs amis de la Vendée et qu'ils avaient l'obligation de leur adresser un rapport sur les faits principaux de leur voyage.

Ils s'acquittèrent de ce devoir en écrivant de Rome même la lettre suivante ; elle fut envoyée à M. Paul Maingret qui résidait dans les environs de Mortagne [1], pour être communiquée aux signataires du *Mémoire* adressé au Pape Pie IX et aux Pères du Concile du Vatican.

« Monsieur,

« Nous comprenons la légitime impatience que vous devez éprouver de recevoir des lettres de notre part,

---

[1] M. Paul Maingret était un catholique zélé, fort dévoué à la cause des anciens évêques. Il possédait une instruction solide, puisée auprès des derniers prêtres non concordatistes de la Vendée dont il fut l'élève. Il était l'intermédiaire habituel entre les fidèles de Lyon et ceux de l'Ouest de la France et s'était occupé très activement des préliminaires de la démarche auprès du Concile du Vatican. Dieu l'a retiré à lui en 1885 et à juste titre sa mémoire reste vénérée en Vendée.

et, pour lui donner une juste satisfaction, nous venons dès aujourd'hui et de Rome même, vous rendre compte de la mission qui nous a été confiée.

« Le 3 décembre, nous arrivions à Rome où notre première démarche a été de solliciter une audience du Saint-Père afin de lui remettre les documents qui lui étaient adressés ; mais nous n'avons pas eu la satisfaction de voir notre demande accueillie, attendu, nous a-t-il été répondu, que Sa Sainteté étant surchargée de travail à cause de la prochaine ouverture du Concile ne pouvait même accorder des audiences aux Evêques qui se présentaient isolément.

« Toutefois nous avons pu faire parvenir au Saint-Père l'exemplaire du *Mémoire* revêtu de signatures ainsi que l'exemplaire des *Réclamations*, qui lui étaient destinés. Mgr Ricci, l'un des prélats attachés à la personne du Pape, s'est chargé de ce soin et nous a donné l'assurance formelle qu'il avait effectué lui-même ce dépôt, le jeudi 9 de ce mois.

« Tout en regrettant de n'avoir pu remettre nous-mêmes directement entre les mains du Saint-Père les documents dont nous étions porteurs, nous avons cependant la certitude qu'ils lui sont parvenus et c'est là le fait essentiel.

« Nous avons été plus heureux en ce qui concerne les exemplaires destinés aux Pères du Concile. Jeudi dernier nous les avons déposés nous-mêmes au secrétariat général du Concile entre les mains de Mgr Fessler, Evêque de Saint-Hippolyte (Autriche). C'est à lui que doivent en effet être remis, à raison de sa qualité de Secrétaire général, tous les documents adressés aux Pères de cette sainte Assemblée.

« En même temps que nous faisions ainsi le dépôt des deux exemplaires du *Mémoire* signés, nous nous occupions de la distribution des autres exemplaires, format in-8°, destinés à chaque Evêque en particulier. Sept cents exemplaires des *Réclamations* et sept cents exemplaires du *Mémoire* ont été distribués de la sorte, de telle façon qu'à l'heure où nous vous écrivons tous les prélats assemblés à Rome ont ces documents dans les mains.

« Nous nous sommes en outre présentés chez plusieurs Evêques afin de nous mettre à leur disposition pour le cas où ils auraient eu des explications supplémentaires à nous demander. Nous n'avons eu qu'à nous louer de l'accueil bienveillant et sans préventions qui nous a été fait. Il a été convenu avec l'un d'eux que si de nouveaux renseignements étaient nécessaires, on nous écrirait à Lyon afin que nous puissions les transmettre.

« Conformément donc aux vœux de nos derniers Evêques légitimes, leurs *Réclamations* se trouvent ainsi renouvelées et leur cause est déférée à l'Eglise universelle en la personne de ses Pasteurs assemblés. Que Dieu fasse descendre en eux les lumières de son Esprit-Saint, et que la vérité, rien que la vérité sorte de leurs lèvres! Adressons tous à Dieu de ferventes prières à cette intention et continuons d'être unis tous ensemble par les liens d'une même foi.

« Notre mission étant achevée, nous repartons ce soir pour la France où nous attendrons les communications qui pourront nous être faites plus tard par les Pères du Concile et dont vous serez avisé lorsqu'elles nous parviendront.

« Les travaux du Concile paraissent devoir être beaucoup plus compliqués et plus longs qu'on ne l'avait supposé, de sorte que plusieurs mois s'écouleront probablement avant que cette sainte Assemblée puisse achever son œuvre. »

Rome, le 12 décembre 1869.

Après l'envoi de cette lettre quelques heures restaient encore à MM. Berliet et Duc; ils les utilisèrent pour visiter quelques églises et jeter un dernier regard sur le Colisée tant de fois illustré par le sang des martyrs.

Ils allèrent à la Basilique de Saint-Paul hors les murs, élevée sur les lieux où la tradition rapporte que l'Apôtre saint Paul eut la tête tranchée par ordre de Néron. Les marbres les plus rares, les matériaux les plus précieux ont été prodigués dans la construction de ce merveilleux édifice.

Ils se rendirent ensuite à Saint-Jean de Latran qui

rappelle la mémoire de plusieurs Conciles généraux aux XIIe et XIIIe siècles ; puis de là ils se dirigèrent vers le Colisée et s'arrêtèrent longtemps au milieu de ses ruines. Sur les parties les plus élevées de cet immense amphithéâtre les Lyonnais cueillirent quelques plantes et fleurs qu'ils se proposaient de conserver en souvenir de ces lieux célèbres.

Au moment où ils rentraient à l'hôtel de Rome pour faire leurs préparatifs de départ, ils se croisèrent au bas de l'escalier avec Mgr Bonnaz qui leur demanda l'origine des plantes qu'ils avaient dans les mains. Ils lui racontèrent leur excursion et firent la description des lieux où ils les avaient trouvées. Le doux Evêque leur demanda de les partager avec lui ajoutant qu'il serait charmé de les conserver et de les emporter en Hongrie, en souvenir des personnes qui les avaient cueillies et des ruines où elles avaient poussé. Il n'est pas besoin d'ajouter que les Lyonnais furent heureux de déférer au désir du vénérable prélat et que ce gracieux épisode de leur voyage leur est resté particulièrement cher.

A leur retour, MM. Berliet et Duc s'arrêtèrent à Turin où ils séjournèrent vingt-quatre heures ; ils utilisèrent ces instants de repos pour mettre en ordre leurs notes quotidiennes de voyage et rédiger une sorte de procès-verbal de leur mission qu'ils signèrent en double exemplaire. Ces notes et ce procès-verbal, soigneusement conservés, permettent aujourd'hui à celui qui écrit ces lignes à dix-huit années de distance de reproduire les

détails consignés dans ce récit et d'en affirmer la rigou-
reuse exactitude.

Le 15 décembre 1869, les deux Lyonnais franchis-
saient de nouveau le Mont-Cenis et rentraient dans leur
ville natale. Bientôt après, devant ceux qui les avaient
délégués, ils exposaient verbalement les faits et actes
qui se rapportaient à l'accomplissement de leur mission,
et tous ensemble ils adressaient à Dieu une ardente sup-
plication afin qu'il bénît la démarche que d'un même
cœur et d'un même esprit ils avaient entreprise auprès du
Concile général.

CONCLUSIONS

Ainsi que MM. Berliet et Duc le faisaient pressentir dans leur lettre de Rome, adressée à M. Maingret de la Vendée, les travaux du Concile se prolongèrent au-delà des prévisions généralement accréditées. Les semaines et les mois se succédèrent sans qu'aucun avis direct venu de Rome apprît aux fidèles de Lyon et de la Vendée que le Concile se fût occupé de leur démarche. Cependant divers journaux de France, renseignés par leurs correspondants à Rome, faisaient allusion de temps à autre au *Mémoire* que la *petite Eglise* avait adressé au Concile ; de longs extraits en étaient publiés, des commentaires plus ou moins favorables apparaissaient par intervalles dans la presse, et plus d'une fois dans certaines contrées, particulièrement dans l'ouest de la France, la chaire retentit d'insinuations qui tendaient à incriminer la bonne foi et la loyauté des signataires du *Mémoire* adressé au Concile.

Les deux délégués qui avaient fait le voyage de Rome avaient donné leur parole à Mgr Callot, Evêque d'Oran, de garder le silence et de s'abstenir de toute communication à des journaux ou publications quelconques, pendant la durée du Concile. Ils observèrent scrupuleusement cette promesse. Mais au mois de mars 1870, en présence des polémiques engagées hors de leur participation ou de celle de leurs amis, ils se demandèrent s'il ne serait pas utile d'écrire à Mgr Callot et aussi à Mgr Bonnaz, afin de décliner toute solidarité avec les auteurs de certaines lettres de Rome ou avec leurs correspondants en France. Ils saisiraient cette occasion pour répondre à diverses critiques formulées contre la rédaction du *Mémoire* ou plutôt contre les réticences qu'on l'accusait de renfermer. Deux lettres furent en conséquence adressées à ces Evêques par MM. Berliet et Duc; celle destinée à Mgr Callot entrait dans des développements particuliers et visait certains faits qui sont aujourd'hui dénués d'intérêt. Il est donc hors de propos de la reproduire dans ce récit ; sa rédaction était d'ailleurs identique sur les points essentiels à celle qui fut envoyée à Mgr Bonnaz à Rome et dont voici le texte *in extenso*.

« Monseigneur,

« Votre Grandeur a peut-être conservé le souvenir des deux Lyonnais qui eurent l'honneur de lui présenter à Rome leurs hommages, à l'époque de l'ouverture du Concile œcuménique, et qui furent admis à déposer dans ses mains un exemplaire des *Expostulationes cano-nicæ* adressées le 6 avril 1803 au Saint-Siège par trente-huit Evêques français non démissionnaires, ainsi qu'un exemplaire du *Mémoire (Reverentissima commentatio)* que ces Lyonnais avaient mission de remettre aux Pères du Concile au nom de leurs amis de France.

« L'accueil si bienveillant et si sympathique que votre Grandeur daigna nous faire en cette circonstance ne s'effacera jamais de nos souvenirs, et, en même temps qu'il nous pénètre de sentiments de reconnaissance, il nous impose le devoir, Monseigneur, de vous faire connaître les reproches que diverses personnes nous ont adressés à notre retour de Rome et de nous disculper devant vous avec une entière sincérité.

« On nous a blâmés de n'avoir pas énoncé clairement nos intentions dans le *Mémoire* que nous avons présenté et surtout de n'avoir pas indiqué les conditions précises dont nous ferions dépendre notre adhésion au clergé français qui est issu du Concordat de 1801. Et l'on a paru supposer que ces prétendues réticences démontraient que nous manquions de franchise.

Qu'il nous soit permis, Monseigneur, d'affirmer avec énergie et au nom de tous nos amis que de semblables critiques sont dénuées de fondement, car nous n'avons jamais eu d'autres intentions que celles d'exécuter respectueusement les instructions qui nous furent laissées par nos anciens et légitimes Pasteurs. Ces vénérables prélats, intimement persuadés que l'inamovibilité des Evêques forme une des bases essentielles et inviolables de la divine constitution de l'Eglise, nous ont prescrit de rendre un témoignage public et permanent à ce principe qu'ils avaient défendu dans leurs *Expostulationes canonicæ*. Et pour leur être fidèles, nous devons persévérer dans l'attitude qu'ils nous ont tracée, aussi longtemps que le principe pour lequel ils ont souffert n'aura pas été sauvegardé d'une manière efficace.

« Nous nous sommes abstenus, il est vrai, d'indiquer ce qui devrait être fait à cet égard; mais cette réserve nous était absolument commandée par le respect et la déférence que nous professons de tout notre cœur envers les Pères du Concile.

« Et d'ailleurs, en rappelant à diverses reprises le souvenir de saint Jean Chrysostôme nous avions pensé que le rapprochement que nous établissions entre ce fait et celui des Evêques non démissionnaires en 1801 était suffisant pour manifester nos vœux et nos espérances. A Constantinople, Atticus ne fut reconnu d'une manière unanime comme légitime Patriarche, que lorsque lui-même eût rétabli le nom de saint Chrysostôme sur les Dyptiques et qu'un témoignage solennel eût été rendu de la sorte à la mémoire et à la légitimité du saint Evêque.

« Ainsi, dans les premiers siècles de l'Eglise, furent affirmés et maintenus les vrais principes sur les droits imprescriptibles de l'Episcopat. Puissions-nous voir un pareil hommage public devenir également de nos jours la sauvegarde des mêmes principes ! Nous participerions alors avec bonheur au culte catholique dans les églises françaises, et nous nous unirions avec empressement à des Pasteurs dont nous ne contestons ni les bonnes intentions, ni les vertus, mais dont l'origine est entachée à nos yeux par l'injuste et irrégulière dépossession des anciens titulaires.

« Telles sont, Monseigneur, les explications que nous désirions soumettre à Votre Grandeur avec une entière bonne foi. Nous conservons la ferme espérance qu'elle voudra bien s'intéresser encore à notre douloureuse situation, et nous conjurons le Père des lumières d'inspirer au Chef de l'Eglise et aux successeurs des Apôtres de restaurer et de maintenir dans leur intégrité les droits sacrés des membres de l'Episcopat catholique.

« C'est avec ces sentiments que nous sommes, Monseigneur, de Votre Grandeur, les très humbles, très respectueux et dévoués serviteurs. »

Lyon, 20 mars 1870.

L'envoi de ces lettres était de nature à dissiper toute ambiguïté sur les véritables sentiments des signataires du *Mémoire* présenté au Concile.

Mais les jours s'écoulaient sans que le silence gardé par les Evêques qui avaient promis leurs bons offices fût adouci par un avis quelconque. Plusieurs en concevaient de l'inquiétude ; l'oubli devait être fait, disaient-ils, sur les démarches qu'avaient tentées les envoyés des Vendéens et des Lyonnais demeurés fidèles à leurs anciens Pasteurs. Ces envoyés ne partageaient point ces appréhensions ; ils avaient foi dans la loyauté et la franchise de leurs protecteurs et ils demeuraient convaincus que si leur cause eût subi un irrémédiable échec, la nouvelle, si pénible qu'elle pût être, leur en serait parvenue directement. Ils ne désespérèrent donc en aucun jour de cette longue attente.

A défaut d'informations directes ils recueillaient de temps à autre certains renseignements apportés par des voyageurs venus de Rome qui autorisaient de penser que la cause des anciens Evêques de France n'était point livrée à l'oubli.

Les correspondants à Rome des journaux français faisaient aussi quelques allusions à la *petite Eglise* et rapportaient qu'à certains jours les échos du Concile avaient fait entendre au dehors le bruit de discussions où ce nom était prononcé.

Le 16 juin, le journal *la France* ne publiait-il pas une correspondance de Rome en date du 9 juin qui contenait les phrases suivantes :

« Ce jour-là, Mgr Déchamps, Archevêque de Malines, fut également entendu. Le discours du savant prélat n'a pas été peut-être aussi modéré que ses amis l'auraient désiré et l'on a généralement regretté le ton avec lequel il a proposé au Concile d'accepter plusieurs anathèmes qu'il avait, paraît-il, vivement à cœur de faire fulminer. Il s'agissait, je crois, de ce qu'on appelle la *petite Eglise*. Mgr de Luçon et Mgr Maret ont dû se faire inscrire après la séance pour lui répondre. »

Dans sa feuille du 17 juin, l'*Univers* insérait une lettre de son correspondant à Rome en date du 13 juin 1870, dans laquelle on lisait ce qui suit :

« Il paraît qu'il a été question à plusieurs congrégations déjà des membres de la *petite Eglise*, encore assez nombreux actuellement dans certains diocèses de France, en Vendée par exemple, dans le diocèse de Luçon et aussi dans celui de Poitiers. On parle de faire quelque chose pour ces âmes tout particulièrement dignes d'intérêt. »

Enfin le 1ᵉʳ août, Mgr Callot, Evêque d'Oran, arrivait de Rome. Il ne faisait que toucher terre à Lyon avant de rejoindre son diocèse et il prévenait les deux voyageurs qu'il avait vus à Rome de se rendre auprès de lui en toute hâte en vue de communications qu'il avait à leur faire.

Au sortir de l'audience qui suivit cette convocation, le récit de l'entrevue fut consigné dans une note écrite immédiatement, alors que les souvenirs étaient dans toute leur force et qu'aucune influence extérieure n'avait pu les altérer. Elle fut ainsi rédigée sans retard afin de reproduire et de conserver, aussi fidèlement que faire se pouvait le sens général des paroles et même le texte de certaines expressions dont s'était servi Mgr l'Evêque d'Oran.

Ce qui suit est extrait littéralement de la note en question.

« Le Concile, a dit Mgr Callot en s'adressant aux délégués, s'est occupé pendant plusieurs séances *des Réclamations des Evêques du 6 avril 1803* et de votre position. Huit ou dix Evêques ont prononcé des discours favorables à votre cause; celui de l'Evêque de Luçon notamment a été une apologie chaleureuse. *Votre conduite non seulement n'a pas encouru de blâme, mais a reçu l'approbation générale de tous les Pères du Concile. Deux Pères seulement,* un surtout, a dit des choses pénibles contre vous, mais son discours a soulevé les murmures et la désapprobation de l'Assemblée.

« Il n'a pas été émis de vote sur cette question; *mais il a été décidé qu'il vous serait adressé une lettre au nom du Concile.* Le sens de cette lettre doit être : *Hommage aux anciens Evêques regardés comme les défenseurs de l'E-glise,* approbation de votre conduite; et attendu que maintenant les anciens Pasteurs sont tous morts, l'Eglise reconnaît le clergé concordatiste pour légitime et vous engage à vous réunir à lui par la raison que toute l'Eglise le reconnaît pour tel.

« Mgr Callot a ajouté : «*Je ne sais quand et comment* « *cette lettre* vous parviendra, mais elle est décidée et « devra vous être envoyée. J'ai fait personnellement « tout ce qui était en mon pouvoir; dans le nombre des

« Evêques qui ont pris la parole en faveur de votre cause
« figure le vénérable Mgr Bonnaz, mon intime ami.
« Nous croyons avoir obtenu tout ce qui était possible.
« *Je vous autorise à communiquer ces détails à vos*
« *amis. . . . .* » Mgr Callot a ajouté encore
que « si le rapprochement que nous désirons de part et
« d'autre peut s'accomplir et amener ainsi une heureuse
« solution, il viendrait tout exprès d'Afrique pour fêter
« cet événement ».

« M. Berliet prenant alors la parole tant en son nom
personnel qu'en celui de tous, exprima à Mgr Callot la
reconnaissance que nous lui devions pour ses démarches et pour les communications qu'il venait de nous
faire, et il ajouta que *lorsque nous aurions reçu la lettre
qui doit nous être adressée au nom du Concile, nous réu-
nirions tous nos amis pour l'examiner* (c'est-à-dire la lire
avec grande attention) et que nous aurions l'honneur
de lui écrire pour l'informer des résolutions adoptées.

« Mgr Callot a témoigné être satisfait de cette réponse [1].»

Dans le cours de l'entretien il avait annoncé que le
Concile s'était ajourné au 11 novembre suivant ; mais les
événements politiques qui peuvent surgir d'un instant
à l'autre le permettront-ils ? avait-il ajouté aussitôt.

Le loyal Evêque d'Oran, assisté de Mgr Bonnaz,
Evêque de Hongrie, avait ainsi tenu la promesse qu'il

---

[1] Les mots en italique indiquent le texte même des paroles prononcées,
sauf de très légères variantes possibles.

avait faite à Rome en 1869 et de grandes probabilités paraissaient exister en faveur d'une solution heureuse, qui, de même qu'autrefois à Constantinople eût réparé le passé en rendant justice à la mémoire des anciens Evêques.

Mais cette espérance devait sombrer au milieu de l'effroyable tourmente qu'une guerre néfaste allait déchaîner.

Le Concile qui s'était ajourné au 11 novembre 1870 n'a pu se réunir et continuer son œuvre.

La lettre, formellement annoncée par l'Evêque d'Oran, n'est jamais venue.

Et les Vendéens et les Lyonnais, qui signèrent le *Mémoire* au Concile, persévèrent avec fermeté dans leur attachement aux principes défendus dans les *Réclamations canoniques* du 6 avril 1803. Patients et résignés, ils attendent l'heure de Dieu et des Evêques.

Tel un soldat, fidèle à sa consigne, reste inébranlable à son poste jusqu'au moment où ses supérieurs le relèveront de sa faction [1].

---

[1] M. Jacques Berliet, nommé dans ce récit, était né à Lyon, en 1825, et y est décédé en 1883. Sa fidélité aux convictions qui avaient inspiré sa vie ne s'est jamais démentie un seul instant.

FIN

www.ingramcontent.com/pod-product-compliance
Ingram Content Group UK Ltd.
Pitfield, Milton Keynes, MK11 3LW, UK
UKHW020936120726
13693UKWH00003B/1360